O LÍNGUA

EROMAR BOMFIM

O LÍNGUA

Ateliê Editorial

Copyright © 2018 Eromar Bomfim

Direitos reservados e protegidos pela Lei 9.610 de 19 de fevereiro de 1998.
É proibida a reprodução total ou parcial sem autorização,
por escrito, da editora.

Dados Internacionais de Catalogação na Publicação (CIP)
(Câmara Brasileira do Livro, SP, Brasil)

Bomfim, Eromar
   O Língua / Eromar Bomfim. – Cotia, SP: Ateliê
Editorial, 2018.

ISBN: 978-85-7480-818-5

1. Ficção - Literatura brasileira I. Título.

18-22214   CDD-869.3

Índices para catálogo sistemático:
1. Ficção: Literatura brasileira   869.3

Iolanda Rodrigues Biode – Bibliotecária – CRB-8/10014

Direitos reservados à
ATELIÊ EDITORIAL
Estrada da Aldeia de Carapicuíba, 897
06709-300 – Cotia – SP
Tel.: (11) 4702-5915
www.atelie.com.br | contato@atelie.com.br
facebook.com/atelieeditorial | blog.atelie.com.br

Printed in Brazil 2018
Foi feito depósito legal

Olha. eu nem sei dizer para onde depois daqui. O que eu sei é que a perseguição não acabou, e parece que nunca vai acabar.
Por enquanto todos eles estão aí. Aleixo, no Brejo do Tatu. Ascuri, no Brejo da Capoeira. No Brejo dos Cavalos mora Cristóvão. Kalankó, na Cacimbinha. No Brejo Fino, mora Ialna, que é a mãe de Leonel.
O Brejo Fino é o mais bem conformado em belezas. Tanto pra baixo, no rumo de Formosa, como pra cima, na direção da Serra do Tocantins, não tem brejo mais bonito que o de Ialna.
 Eles agora são vistos aí, misturados. Mas são de diversas nações, de muitos lugares. Ialna mesma é do povo anaió, do Morro do Chapéu. Esses anaiós são da parte central da Bahia pra cá. Eles corriam desde o Rio Salitre, passando pelas costas da Diamantina, a oeste, até o Rio São Francisco. E subindo de um lado e do outro do grande rio, chegavam até o Rio Carinhanha, já avistando Minas Gerais.
Quer dizer que a família mesma de Ialna era do Morro do Chapéu, no tempo da diáspora desse povo. Agora ela é vista nesse brejo que eu falei.
Sim. O filho dela, Leonel de Matos, é o mesmo Língua. Esse nome de Leonel ele ganhou foi depois, quando o levaram para o

curral de cristo na Jacobina, porque o nome próprio dele, dado pela mãe, é Urutu.

Pra mim, toda esta história nossa começou com o nascimento desse menino.

Como eu estava dizendo, cada um tem seu lugar por aí, nesses brejos. Mas tem os que moram mais afastados, nos carrascos. E todos estão sempre aqui em casa. Vez que estou lá no quintal e eles chegam, entram, mexem nas coisas. Eu escuto e penso: "quem é que chegou"? Mas nem acudo. A casa é mesmo que ser deles. Vêm porque querem, às vezes nem é para conversar comigo. Eu sei disso, então não apareço. Outras vezes, eu recebo. Tem outras pessoas que também recebem. São amigos, bem aqui vizinhos, que entram na casa sem precisar pedir licença. Se reúnem aí na sala. Sempre foi assim. A porta de minha casa é como você está vendo: sempre aberta. João Lemos mesmo é um. Mora nessa casa aqui do lado. Depois da dele, tem a casa de Lourenço, que também vem com a mulher. E como esses, tem é muitos que vêm se reunir aqui. Pegam a cantar, a fumigar e a beber. É assim que acontece.

Esse cheiro é do fumo do tabaco. É do petume velho. Vem daquela sala, o cheiro. Tem um fogo no chão. E a toalha estendida. Um alguidar para a reserva do fumo. Sempre vou abastecendo pra não faltar. Aqui mesmo nós temos uma plantação de fumo para o fabrico, porque não pode faltar petume. Eu já me acostumei, de anos. É o cheiro da casa. Eles vêm pra cá. Se reúnem na sala. Eles vão chegando, chegando, daqui a pouco eles estão aí e você nem percebeu.

Produzem a fumigação com os guias, que é a mesma coisa que cachimbos, que na língua são chamados de *kwaki*. E sentam a conversar. Cada um conta a sua história. Agora ali é assim: a pessoa vai contando a sua história, contando, contando e vira uma noite, e vira o dia seguinte, e torna a virar outra noite, e lá se vão mais outro dia e mais outra noite, e assim sucessivamente, sempre não faltando o vinho da jurema. De modo que um pode passar até três dias e três noites desfiando a sua história, como eu mesmo já vi e presenciei, e não foi só uma nem duas vezes não.

O vinho da jurema tem os fazedores dele. São muitos que fazem, mas não é qualquer um não. Primeiro tem que ter o respeito, o ritual da colheita da raiz. Precisa ser da jurema branca. Agora ali, depois de destampada da terra a raiz, tem a fumigação, o corte. Não é qualquer pessoa. Tem que ter a consciência do praquê vai ser feito o vinho. A força da comunicação. Depois é que tem o preparo com a imersão na água.

– Esbarra aí!...
– Escuta!...
– Estão aí!...
– E aquela é a voz de Ialna. Sim. É Ialna que está falando. Os outros estão ouvindo, calados...
– Escuta!...

Foi logo depois que eu tirei o bracelete que as meninas usavam como sinal de que ainda não tinham tido a primeira menstruação.

Os calções-de-couro nos assaltaram de manhã. Por entre as palhas das nossas casas, começava a sair a fumaça do primeiro fogo, e o cheiro da lenha queimando se espalhava pelo céu do terreiro. Um disparo de mosquete soou e se seguiram as vozes alarmadas de nossa gente. Muitos conseguiram fugir. Nossos guerreiros pegaram as armas que puderam alcançar e lançaram contra eles. Havia guerreiros da terra como nós, lutando ao lado dos calções-de-couro, e suas flechas feriram muitos dos nossos quando fugíamos para dentro do mato.

No meio deles vinha um padre, por nome Antônio Pereira. Foi ele quem me perseguiu por trilhas apartadas e moitas fechadas até me pegar. Corri com todo o conhecimento que tinha de correr no mato, mas ele era incansável. Eu tropecei num pau atravessado e caí. Ele me alcançou e se lançou sobre mim. Lutei para me soltar, mas ele venceu minhas forças. Feriu-me com mordidas. Depois me segurou, dominada, até acalmar a respiração. E quando se acalmou, o calor dele já tinha se misturado com o meu. Não me soltou mais. Venceu de novo minha resistência e me possuiu até se fartar. No fim, mandou-me que fugisse.

No mesmo instante em que me vi livre, eu me afundei no mato em desabalada corrida, e lá adiante, cansada, fui andando, me distanciando muito de nossas casas. Já era de tarde quando fui dar no Riacho Grugulha. Caí na água chorando.

Fiquei ali até os tremores cessarem. Eu tinha ferimentos por todo o corpo. Depois de um tempo na água, senti um pouco de calma. Eu então só queria ver os meus pais, os irmãos, saber o que tinha acontecido com eles. Então saí do riacho e fui andando de volta para nossas cabanas. Quando já estava bem perto, parei para ver se percebia ainda sinais da presença dos invasores. Ouvi vozes, mas distingui que eram do meu povo. Eram lamentos. Me senti mais segura, corri para chegar logo. Estavam em prantos os que sobreviveram. Outros que também tinham conseguido fugir estavam de volta para ver o que tinha restado de nossas cabanas e de nossas coisas.

De um e outro tronco, ainda ardendo, subia um fio de fumaça. Todas as cabanas estavam em cinzas. Espalhados pelo pátio, os mortos: homens fortes, velhos, mulheres, crianças. A areia grudada com sangue nos corpos fraturados.

Logo abriríamos covas para depositá-los no fundo, sobre uma camada de paus, onde eles repousariam e, acima dos corpos, outra camada de paus e folhas, para que não ficassem em contato com a terra em sua última morada.

O LÍNGUA

O líder de nossa aldeia, Arajeju, com grandes ferimentos, perdeu todo o sangue e morreu. Antes de morrer, ele narrou o que tinha visto: como mataram os nossos irmãos e como nossos guerreiros tinham lutado bravamente, fazendo muitos estragos no inimigo antes de caírem.

Como tinham amarrado os homens e as mulheres jovens e até as crianças, tomando todos como prisioneiros, porque não quiseram ir com eles.

E a conversa do capitão, ajudado por um rapaz negro, que sabia falar um pouco a nossa língua. Dizendo que iam levar os nossos para um lugar melhor, onde a terra era muito boa pra nossas roças, e havia muita caça no mato e os peixes eram tantos que se deixavam pegar com as mãos.

Muito tempo depois é que eu soube que esse rapaz que falava nossa língua era escravo do padre Antônio Pereira e que se chamava Antônio Crioulo. Foi o primeiro jagunço do Brasil, servindo nas fazendas de gado do padre Antônio Pereira e acompanhando o seu senhor nas guerras contra os povos da terra.

Já cansado de falar, o líder virou o rosto para o lado e pediu que o deixassem. Que parassem os cuidados com ele, que ele não ia morrer.

O resto da tarde, até o anoitecer, passamos abrindo as covas. Com chuços das mais duras madeiras, que eram de pau d'arco e que tínhamos bem afiados. Todos se uniram no trabalho de enterrar os mortos, até os velhos e as crianças que escaparam do ataque escondendo-se nas moitas. Mesmo com todo o esforço, só conseguimos enterrar todos os nossos parentes na manhã seguinte, no fim do canto matutino das acauãs.

Perdi minha mãe e perdi meu pai, que os dois tinham sido levados. Depois do enterro, começamos a lamentar os que nos tiraram. Um dizia "foi-se embora meu irmão". Outro dizia "não tenho mais minha irmã". Outro, "como está sofrendo agora o meu pai". Outro, "roubaram todos os meus filhos" e mais outro, "meu pai era valente, mataram meu pai".

E assim passamos toda a manhã, chorando os que perdemos e lamentando muito. Os mais velhos reuniram o povo e comunicaram: "Vamos embora daqui, vamos levantar casas em outro lugar distante".

Juntamos as coisas que os invasores não tinham quebrado e nem o incêndio comido: as varetas de acender fogo, os arcos, os carcases de levar flechas, panacuns para guardar coisas, panelas, testos de barro de fazer farinha, também urupemas e facas de pedra e machados. Ainda encontramos inteiro um tronco de transportar fogo, que é revestido por dentro do oco com barro queimado. Quando tudo estava pronto, arribamos em busca de outro lugar para morar.

Deixamos nossa morada na ribeira do Jacuípe e fomos abeirando a serra do Morro do Chapéu no rumo da vereda da Cachoeira, nas vertentes do Morro. Na frente caminhavam os guerreiros: Kalankó, Ascuri, Periá, Tapeba, Dinaman, Yacó, Aikyry, Gapoi e Jatuta. Atrás deles seguiam as mulheres: Yacui, Oiara, Catuba, Janaúba, Magaró, Cipassé e Tamikuã. Magaró já estava muito velha. Ela era a mãe de todos. Dois meninos pequenos iam escanchados nas mães. Os meninos e meninas maiores seguiam ao lado das mulheres.

Encontramos o Riacho do Yú, que vinha descendo para o Jacuípe. Na beira do riacho achamos muitos pés de ingá, que estavam carregados de muitas vagens gordas e doces. O espírito das matas, que é o pai de todas as frutas, nos guiou até ali para comer ingá. Uns subiam, outros puxavam os galhos mais baixos pra tirar as frutas.

Primeiro os meninos e as meninas caíram no riacho, depois todos nós caímos. Tinha muito piau preto, e os homens flecharam e trouxeram pra todos comerem.

Ali dormimos. No outro dia seguimos com o concerto das acauãs, e o céu enfeitado de voos e a mata ressonante de outros cantos. Quando foi de tarde, chegamos à vereda da Cachoeira. Nesse lugar nasciam muitos riachos, que iam se juntando logo adiante, na vereda da Tábua, que é a mesma que faz o Rio Salitre. Tudo era um sossego.

Yacui, Oiara, Janaúba, Magaró, Cipassé e eu limpamos o chão debaixo das árvores, tirando folhas secas e garranchos e forramos com palhas de ouricuri para dormir.

Eu limpava o chão e lembrava que Antônio Crioulo tinha explicado ao nosso líder Arajeju, que os fazendeiros tinham vindo para limpar aquelas terras de nossa presença, expulsando e matando. Eu pensava que íamos morar em um lugar onde eles nunca fossem. Eu estava enganada.

Yacó, Dinaman, Periá e Kalankó foram flechar os peixes. O dia inteiro tínhamos andado com brasas no oco do pau. Juntamos mais lenha e acendemos o fogo para passar a noite e moquear os peixes. Os meninos e as meninas brincaram no riacho até o sol entrando. Os homens trouxeram um panacum cheio de peixes. O céu ficou vermelho, depois escureceu. As labaredas iluminavam nossos rostos mergulhados nas sombras. As mulheres fizeram uma grelha de paus sobre o fogo e estenderam os peixes pra moquear. Também fizeram moquém de uns preás que tinham sido caçados no caminho. A menina de colo de Oiara estava chorando junto com os pios das corujas ali perto. Piavam também umas marrecas que vieram dormir numa lagoa assim encostada. A menina de Oiara só calou a boca depois que comeu do peixe. Todos comeram.

Kalankó explicou que na dobra do riacho tinha visto grande quantidade de peixe. Falou que podíamos morar naquele lugar. Dinaman e Yacó também falaram. Mas que era melhor seguir pra outro lugar mais longe. Passar a Serra do Estreito. Lado da Serra virado para o pôr do sol. Depois se calaram.

Todo mundo deitou na cama de palhas de ouricuri. Ninguém mais falou nada. Só os barulhos espalhados da noite. A saparia na lagoa conversava. Um sapo falava, outro respondia. Perto de Ascuri foram dormir Cipassé e Yacui. As duas eram mulheres dele.

Acendemos dois fogos. Nós dormimos entre um e outro. Quando as chamas baixavam, sempre alguém levantava e atiçava de novo o fogo. Porque a gente sentia frio perto da serra. Eu fechei os olhos e me lembrei do que o padre tinha feito comigo.

De manhãzinha clareando.

Os pássaros cantando e cantando, ali e lá, e nós já acordando e levantando. Antes de sair o sol, enfumaçava uma neblina sobre as águas do riacho. Os meninos logo se banharam porque a água estava morna. Depois uns descobriram pés de murici em volta da lagoa, carregados de frutinhas amarelas, caindo, forrando o chão. Fomos todos catar pra comer. Quando nos viram, as marrecas voaram da lagoa cantando todas juntas.

Sol esquentando, chegaram os homens com um caititu, sua cor preta faiscada de branco, liso o pelo, com uma flechada mortal. E logo queimado o pelo na labareda, repartido em pedaços e moqueado, pra todos comerem. Sem fome, seguimos caminho para a travessia entre as serras. De um lado, a do Estreito, e do outro, a Serra da Babilônia, na entrada da Chapada Diamantina.

Com as crianças escanchadas na cintura, subimos e descemos serranias, pisando em pedras que escondiam cascavéis e até matamos muitas nesse dia, e levamos para a hora certa de comer. Terminada a jornada, já sol entrando, chegamos na beira daquele laguinho de água azul-azul, que fica na vereda de Romão Gramacho, no lugar por nome Tareco.

Não é pé de serra, não é brejaria, mas essa fonte de água, tão clara que azula, nasce no descampado mesmo, assim se oferecendo desabrida, água morna, tão confortante para banho. Logo chegando nela, pequenos e grandes, todos nós caímos dentro, espatifando água pra todo lado, em expansão de alegria e descanso. Ouvindo nossos gritos, um bando de seriemas também começou a gritar.

O espírito das matas, que ia nos mostrando o de-comer, avisou que por ali havia uns pés de bacupari carregados de frutos, que é árvore que gosta dessas várzeas. Kalankó disse que era lugar bom para ficar. Todos disseram que sim.

Cuidamos logo de juntar lenha e acender o fogo com o tição que sempre trazíamos em brasa no oco do pau, porque era custoso produzir o fogo só com as varetas. Erguemos a grelha do moquém e assamos as cascavéis. Todo mundo estava muito cansado e logo que anoiteceu cada qual se enrodilhou no chão para dormir. Piavam corujas, e bandos de paturis passaram cantando alto, escolhendo lagoas. Numerosos morcegos faziam riscos escuros no ar. O fogo mostrava em lampejos nossos corpos nus espalhados pelo chão. Mal o sono chegava, uns se agarravam aos outros. Os homens subiam nas mulheres.

Quando foi de manhã, os bichos de toda qualidade acordaram todos de uma vez. Bandos de seriemas flauteavam com seus pescoços compridos, jacus cantavam roucos, gaviões, grandes de assustar, cortavam o ar com suas asas afiadas e seus avisos mortais, socós plainavam nas lagoas, tossindo de espaço a espaço, e as zabelês nas suas corridas, e os tucanos nas suas cores, e as pombas de peitos macios, e os passarinhos bulhentos. Tudo se juntava às vozes de meus parentes, já despertos, já ocupados na caça e na coleta do que comer naquele dia.

Dormimos mais uma noite naquele lugar. Os meninos passaram o dia quase todo dentro do olho d'água azul e morno. Tivemos farta veação e, no outro dia, todos se sentindo fortes e bem alimentados, nos pusemos a caminho pela vereda do Rio Jacaré, que na estação chuvosa corria sem cortar.

Andamos o dia inteiro e descobrimos um caminho estreito que cruzava à nossa frente. Reconhecemos umas pegadas de bichos que passavam por ali. As marcas grandes, de pés com duas unhas, que só podiam ser de gado dos fazendeiros. Então Kalankó falou:

– Por aqui tem curraleiro. Em algum lugar perto estão moradores.

Correu um susto entre nós. Depois todos começaram a falar ao mesmo tempo. Então Kalankó levantou a mão e todos de uma vez silenciamos. Ele disse:

– Reparem os rastros. Ali eles fizeram roda, pisotearam. E se afastaram para aquele lado. Vieram aqui beber e voltaram para o curral. Vamos seguir pra este outro lado. Se o dono for fazendeiro de muitas armas, vai matar muitos de nós e levar nas cordas outros como escravos para o curral.

Kalankó disse que era para ninguém fazer barulho, não gritar, até que estivéssemos bem afastados.

Estávamos muito cansados, pois tínhamos andado o dia inteiro mas, tomados de medo, prosseguimos. Kalankó disse, para nos animar:

– Daqui a pouco a lua vai subir, os campos vão clarear, ficando bom para a nossa marcha. Vamos dormir longe daqui.

Assim seguimos pelo vale do Rio Jacaré por umas horas, até que nos sentimos seguros. A lua, muito branca, já tinha pendido para o outro lado quando paramos na encosta de um morro, que mostrava umas pedras grandes, acocoradas. Ficamos entre umas e outras, num recanto limpo, protegido dos ventos. Estava tão clara a noite, que não foi difícil juntar galhos secos para o fogo. Varakidran lá do céu nos olhava. Ele também, em outros tempos, tinha dormido ali, onde agora eu e meu povo íamos passar a noite.

De manhã ainda escuro, os guerreiros saíram pra caçar. O Rio Jacaré estava com muita água. Tinha muita caça vivendo nas suas margens. Onde o rio fazia voltas as águas eram mansas, fundas, e os peixes gostavam de ficar. Então, quando os guerreiros voltaram, Kalankó disse que devíamos fazer tapiris naquele lugar, para nos abrigar. Devíamos ficar uns tempos lá. Nosso líder falou e aconselhou. Todos nós achamos que era bom. Ele gostava de ajudar, então ele ficou sendo nosso líder, no lugar do pai dele, que os fazendeiros tinham matado.

Nesse mesmo dia, os guerreiros acharam uma roça abandonada. Outro povo já tinha morado no lugar. Deixaram restos de plantação de mandioca, e tinham aparecido muitos brotos, e crescido boa quantidade de pés. Os espíritos dos ancestrais também viviam lá. Eles plantavam e cuidavam daquela lavoura.

Kalankó disse:

– Aqui os ancestrais estão se alimentando. Podemos aumentar a roça. Tem muita caça nessa beira de rio e tem também muito peixe. Vamos ficar. Estamos longe dos curraleiros. Podemos viver tranquilos. Vou escolher lugar para fazer a casa.

Assim ficamos naquele lugar, pelo tempo de plantar e de colher mais de uma vez, depois arribamos.

Minha barriga cresceu na beira do Rio Jacaré. Só eu sabia que aquele que estava na minha barriga não era filho de nosso povo. Tinha morrido muita gente de nossa tribo. Todo mundo pensava que eu tinha pegado filho de um dos nossos parentes antes do ataque dos fazendeiros. Mas eu sabia que não. Eu sabia que tinha apanhado barriga com o padre. Eu ia matar meu filho quando nascesse. Ia jogar no rio ou no mato. Dinaman era meu tio, e queria ficar comigo como sua mulher. Mas ele viu minha barriga crescer e me perguntou quem era o pai. Eu disse que tinha namorado o filho de Gapoi que os fazendeiros tinham matado. Então ele disse que ia cuidar de nós dois. Nos proteger, a mim e ao meu filho, e eu seria sua mulher.

Mas dentro de mim eu sabia que não queria aquele filho. Dinaman não ia precisar cuidar dele, porque eu não ia deixar ele viver.

Eu passava horas tristes porque os fazendeiros tinham matado meu pai e minha mãe. Os outros parentes meus também tinham sido mortos ou levados. Minha família tinha acabado. Eu fiquei só com Dinaman. Ele queria casar comigo. Eu estava preocupada porque o filho que eu trazia não era do meu povo. Eu tinha muitas dúvidas. Eu pensava que ninguém queria que eu tivesse aquele filho. Então, quando vissem, iam querer me matar junto com a criança.

Eu tinha vontade de encontrar aquele padre, eu queria matá-lo também. Ele vinha nos pegar nas nossas casas, e nos prendia em sua fazenda para trabalhar. Ele nos matava porque não queríamos ir com ele. Eu tive muita raiva dele e eu pensei que era bom matá-lo. Ele fez o que fez e depois me soltou. Eu não sabia por que ele me tinha deixado ir embora. Ele era o pai de meu filho, ou minha filha. Eu pensei que ele fosse me amarrar e levar para trabalhar no curral. Mas ele me soltou. Também não sei como ele não me matou naquela hora, como eles costumavam fazer com todo povo quando não iam com eles.

Eu tinha medo também que meus parentes viessem saber depois que meu bebê era bastardo de homem branco, porque eles podiam me matar. Então eu tinha que matar a criança na hora mesma que nascesse.

Kalankó ficou sendo o nosso líder. Ele dizia o que era bom para todos nós. Ele disse que íamos fazer casa naquele lugar, na vereda do Jacaré. E escolheu o ponto para os homens abrir roça. Na capoeira abandonada, tinha crescido muito pé de mandioca, tinha muita raiz e muitos ramos para fazer plantio na roça nova. Achamos também moitas de fumo para fazer o petume.

Os caçadores saíram de madrugada para caçar e conhecer a região. Foi quando eles descobriram o Riacho dos Umbus, que junta suas águas no Jacaré. Viram muito peixe no riacho e acharam as ribeiras muito boas para fazer roça. Deram com muita caça, e acharam diversos tipos de rastro delas na beira d'água. Tinha pisadura delas pra todo lado. Era lugar muito afastado dos curraleiros. Eles não iam achar nosso povo. Podíamos viver tranquilos, fazer nossas casas e roças. Ouricuri tinha muito, com palha abundante pra cobrir nossas casas.

Mas, de um lado e do outro do rio, quem se afastava das matas de suas margens, só via, a perder de vista, a esbranquiçada caatinga, cheia da jurema tanto da preta, quanto da branca, que é a que dá o vinho.

Logo no outro dia, nosso líder acendeu o cachimbo e seguiu para o juremal. Descobriu a raiz de um pé da jurema branca e depois de muito fumigar nela, pediu licença e arrancou uns pedaços para o vinho sagrado.

Os caçadores também acharam uma mata de taquara, com boas varas pra fazer flechas. Tudo isso nosso líder disse.

Logo começamos a levantar as cabanas. Uma para o que sobrou de cada família. Kalankó determinou o lugar de cada cabana, deixando um terreiro no centro delas, onde todo mundo ia fazer as festas e os trabalhos que serviam para todos.

Dinaman conversava comigo. Um dia ele disse:

– Lá longe, bem escondido, vou fazer uma cabana pra você esperar o seu filho. Lá você vai criar ele até chegar a idade de você vir mais para perto e soltar ele no meio dos outros. É um lugar afastado, porque se houver ataque de fazendeiro, eles não vão te achar, nem vão te matar. Vou levar comida pra você e para a criança.

Tivemos muito trabalho no começo para assentar nossa morada na ribeira do Jacaré. Primeiro fizemos as casas pra cada grupo. Depois fizemos as roças. Achamos na roça abandonada uns pés de mandioca e também de batata e de cará. Estava tudo crescendo no meio do mato. Mas nós fomos achando um pé aqui, outro acolá. Fomos descobrindo e limpando. Deles fizemos sementes para aumentar.

Tivemos muita sorte de achar aquele lugar. Tinha muito trabalho. Fizemos panelas de barro. As mulheres faziam as panelas, os caçadores saíam de manhã para caçar. Depois derrubavam a roça, queimavam os troncos pra facilitar o corte. Em cada palmo de terra limpa ia sendo plantado mais um pé de mandioca. Kalankó tinha conseguido salvar do fogo que os fazendeiros tinham ateado nas nossas casas no Jacuípe um tubo de taquara onde ele tinha guardado sementes de milho pra plantar. Com essas sementes pudemos fazer lavoura de milho. Quando deu milho, nós fizemos mingau pra comer e também comíamos milho assado no fogo ou cozido nas panelas.

Kalankó gostava de todos, e sempre estava orientando, ajudando. Ensinava a fazer rede com as fibras da palmeira buriti, e jiraus de dormir com os talos dessa palmeira. No começo, fizemos panelas com barro muito bom, que havia na várzea perto do rio. Fizemos umas grandes para o preparo do vinho da jurema, que era feito também de mandioca e de batata. Foram assim aqueles tempos passados na ribeira do rio Jacaré.

Quando fabricamos o primeiro vinho da jurema, fizemos uma festa muito alegre. Bebemos e cantamos muito. Era tudo alegre. Cantamos para os nossos mortos em Jacuípe, celebramos nossos guerreiros que tombaram naquele dia para salvar as nossas vidas.

Quem cantava contava aquela história, e falava o nome de cada um dos nossos que tinham morrido.

Depois fizemos muitas outras festas: a festa da colheita da batata, a festa do milho, a festa da mandioca, a festa da caça e também a festa da pesca. Eram muitas festas que fazíamos, alegres, com cantos e danças e muita bebida.

Os caçadores iam longe, reconhecer as distâncias, saber se havia curraleiros por aquelas regiões, porque eles podiam nos atacar de novo. Tínhamos visto que eles eram muito perigosos pra nós. Ou eles faziam de nós prisioneiros para seus escravos, ou nos matavam. Eles pegavam nossas crianças e levavam pra suas fazendas. Cortavam nossas mãos, cortavam nossos pescoços, quebravam nossas cabeças com paus, com pedras. Nos feriam com muitas balas que saíam de suas armas. Por isso tínhamos medo que eles nos achassem.

Dinaman fez a cabana pra mim, longe de todos, pra eu poder esperar meu bebê, e depois, pra eu fazer meu resguardo. Me ensinou um caminho por onde eu podia ir sozinha até um lugar no Riacho dos Umbus. Eu ia lá, tomava banho e voltava. Ele trazia caça para eu comer, trazia peixe. Eu tinha panela, tinha ralo, tinha testo pra assar a mandioca e fazer a farinha. Todo dia eu cozinhava, eu moqueava caça, assava batata e ficava esperando o dia que meu filho ia nascer. Eu ia matar meu bebê e depois comer. Não ia jogá-lo na terra para as formigas comer. Ele ia voltar para o mesmo lugar de onde tinha vindo, dentro de mim, onde bichos não podiam comê-lo.

Então chegou o dia. Eu estava sozinha quando ele nasceu. Mas na hora que ele nasceu, minhas mãos não quiseram que eu matasse. Meus dedos encolheram quando eu quis tapar sua boca e seu nariz. Eu escutei a voz dele. Ele chorava. Eu fiquei olhando pra ele. Era homem, mas não vi o homem branco nele. Ele era igualzinho aos bebês de meus parentes. Então eu pensei: ninguém vai saber, ele é igual aos outros. Só os olhos. Os olhos eram um pouco descorados. Não tinham o preto dos outros. Olhos de água de lagoa, ou puxando aos da cobra verde. Eu pensei: ele vai ser valente como uma cobra. Traiçoeiro como a cobra surucucu. Vai saber se esconder pra atacar o inimigo quando ele menos esperar. Eu arregalei os olhos dele com os meus dedos pra ver mais, e meu coração tremeu.

Abandonei o plano de matar. Cortei o cordão com uma pedra e fui mergulhar com ele nas águas do riacho. Eu disse: você é filho de cobra. Você é cobra também. Seu nome vai ser Urutu.

Daí por diante, eu vivi sozinha com ele. Cuidando dele e ensinando. Ele pegava meu peito com força desde as primeiras vezes. Ele mamava como fosse me secar. Depois eu ensinei a ele comer batata, mingau, caça. Eu mastigava primeiro até amaciar, depois eu botava os bocadinhos na boca dele, já pronto pra ele engolir. Ele comia tudo que eu dava com muito gosto. Muito cedo ele aprendeu a falar. Pequenininho, já sabia muitas palavras.

Quando passou o tempo de duas colheitas de mandioca, meu filho já sabia andar e meu resguardo acabou. Deixei a cabana e fui morar em outra mais perto dos outros, e meu filho se misturou com os parentes. Ele brincava no pátio da aldeia e ia com todo mundo banhar nas águas do riacho. Dinaman fez um arco e uma flecha bem pequenos pra ele. Imitando os pescadores adultos, ele ia com os outros meninos maiores pescar os peixinhos com seus pequenos arcos e flechas. Eu pensava: ele vai ser um bom caçador e um bom guerreiro.

Moramos na ribeira do Jacaré o tempo de colher três vezes a lavoura de mandioca.

Meu filho conversava como um periquito. O que ele mais gostava era de aprender os nomes das coisas. Se não tivesse com quem falar, ele conversava sozinho, conversava com os passarinhos, com as mutucas, com os sapos, com as borboletas, com as árvores. O canto dos passarinhos ele imitava todos. Ele dizia: cadorniz tá dizendo que tá com fome. Borboleta tá dizendo que tem muito vento. Periquito tá dizendo que vai fazer barulho. Pomba tá dizendo que não dorme sem comer. Macaco tá dizendo que sente coceira. Peixe não fala porque enche a boca d'água. A pedra não fala porque não tem boca. Uma vez ele me perguntou o que a serra estava dizendo, pois ele não conseguia ouvir.

Era assim meu filho Urutu. Tudo pra ele era coisa de falar. Ele só queria saber de palavras. Quando ele não estava no mato conversando com os bichos, ele não parava de falar comigo.

Na nossa mudança para a Serra do Angelim, ele quase não dava trabalho, porque o tempo todo ele ficava prestando atenção nas coisas novas que topávamos no caminho. Ele queria saber o nome de todo pau e toda planta nova que via. Eu ficava cansada de dizer os nomes pra ele e o mandava perguntar para as outras pessoas, porque eu não sabia de tudo. Depois que ele aprendia o nome de um pau ou de um bicho, ele ficava repetindo aquele nome até me cansar. Então eu ficava calada e não respondia mais nada. Ele queria saber também o que os bichos estavam pensando. Eu dizia: "Licuri diz que guardou palhas pra nós". E ele vinha com novas perguntas:

– Mangaba falou alguma coisa?
– Disse que tá docinha.
– Tatu-peba disse o quê?
– Que tá no buraco.
– A serra falou o quê?
– Que vai despejar água pra correr riacho pra nós.
– Riacho falou o quê?
– Que vai criar os peixes pra nós.
– Como é o nome dessa?
– Xique-xique.
– E daquela?
– Aroeira.
– E daquela outra?
– Braúna.
– E daquelas todas?

E era assim o tempo todo. Eu tinha que dizer o nome de toda árvore e todo mato que a gente encontrava no caminho da Serra do Angelim.

Ele gostava de ouvir os nomes e repetia pra não esquecer.

– Este é angico.

E ele repetia: angico. E voltava a repetir: angico, angico, angico. Mucunã, mucunã, mucunã.

Todos esses nomes ele aprendeu. Porque nós passamos muitos dias na mata seguindo para a Serra do Angelim. Eu até me acostumei. Ficava brincando com ele com esses nomes cada vez que aparecia na nossa frente esses paus.

Caroá, maniçoba, macambira, jurema, palma, barriguda, imburana, mimosa, feijão-de-porco, catingueira, pau-d'arco, malva branca, jitirana, carnaúba, catinga-de-porco, pau-ferro, miroró, camaratuba, calumbi, carrapicho, feijão-de-rola, feijão-bravo, feijão-de-rama, mata-pasto, pau-d'óleo, cançanção, surucucu, piaçava, tucum, monzé, gonçalalves.

No caminho nós procurávamos frutas pra comer. Ele ficava muito alegre quando provava alguma que não conhecia, porque não tinha na ribeira do Rio Jacaré.

Quando nós chegamos na Serra do Angelim, meu filho Urutu tinha aprendido a comer muitas frutas e tinha aprendido também os seus nomes, sempre repetindo, porque parece que ele gostava mais do nome que da fruta.

Eu deixava ele falando o tempo inteiro os nomes. A gente viajava com a voz dele repetindo: bacupari, murici, pequi, pitomba, timbó, andiroba, araticum-do-brejo, bruto, araticum-de-espinho, babaçu, catolé, umbu, quipá, mandacaru, juá, buriti, taperebá, cajuí, pinha-do-campo, pindaíba, carapiá, mucugê, chananã, licuri, piquiá, ariri, grão-de-galo, ananás, cumbeba, jatobá, trapiá, mamão-de-saruê, mamão-de-veado, guairu, oiti, quiri, umari, sapucaia, pixixica, puçá-de-porco, ingá, tararanga, guabiroba, cagaita, cabeludinha, pitanga, cambuí, araçá, maracujá, genipapo, goiaba, grumixama.

E assim era. Cada vez que a gente achava uma dessas frutas e ficava debaixo da árvore descansando e comendo delas, esse menino queria aprender os nomes e ficar dizendo como se tivesse cantando uma linha:

– Taperebá, cajuí, guabiroba, ariri...

Todo mundo se acostumou com esse jeito dele. Ele era muito ladino. A gente ficava ouvindo ele repetir os nomes, lembrando de todos. O povo ficava olhando e achando graça.

A gente parava pra descansar e passar as noites nos lugares onde corria um riacho ou um olho-d'água. Os caçadores saíam andando por perto, procurando alguma caça pra gente comer. Outras vezes a gente já trazia alguma que tinha sido caçada no caminho. De repente aparecia uma no caminho, os caçadores corriam perseguindo, faziam tocaia, flechavam.

Acontecia ser um veado-catingueiro, uma cutia, um teiú, uma preá. Nessas horas meu filho gostava. Ele queria ver matando, queria aprender os nomes, daquele jeito dele, repetindo pra não esquecer.

Um dia os caçadores davam com um bicho de uma espécie. Noutro dia, davam com um de outra qualidade. Desse jeito, a cada dia meu menino conhecia um animal diferente e aprendia um nome novo. Quando nós chegamos ao fim da viagem, ele tinha aprendido o nome do tatu-bola, da cutia, jiboia, cachorro-do-mato, sagui-de-tufos-brancos, jacaré-de-papo-amarelo, calango, teiú, mocó, caititu, preá. Todos esses bichos que encontramos a caminho da Serra do Angelim, onde nós íamos demorar mais tempo, fazer roça.

Antes da Serra do Angelim, tem outras serras, onde nascem muitos riachos e olhos d'água. Naquelas ribeiras encontramos muitas moradas do povo cariri. Eles nos receberam alegres.

– Estamos vindo de longe, da ribeira do Jacaré.

– Estão sofrendo muito, estão com dores nas pernas – disseram eles.

– Estes estão com os pés feridos, sentem muitas dores.

– Algum morreu?

– Sim. Morreram dois meninos pequenos – respondeu Kalankó.

– Ainda trazem flechas?

– Trazemos poucas flechas. Perdemos muitas. Outras quebraram.

— Viram homens brancos?
— Não.
— Aprontem flechas agora. Daqui para a serra e depois dela, onde correm as águas do Rio Salitre, têm aparecido muitos homens brancos. Estão aprisionando e matando.
— E por quê?
— Querem nos fazer escravos para trabalhar nas roças deles. Plantar mantimentos para eles comerem.
— Querem fazer fazendas onde plantamos as roças.
— Querem nos fazer guerreiros para depois nos mandar matar nosso povo.
— Eles nos querem para pegar os negros que fogem das fazendas e se escondem nos matos.
— Eles não param de chegar.
— Nós vamos para a serra. Lugar onde não nos achem. Vamos fazer roça lá.
— Hoje vamos juntos pescar. Depois vocês devem fazer muitas flechas.

Ficamos uns dias com nossos amigos cariris. Pescamos juntos e bebemos noites inteiras. E cantamos e dançamos. Com muitas flechas feitas, nos despedimos de nossos amigos e continuamos viagem.

Ficamos fortes de novo. No caminho, quando já tínhamos nos afastado a distância de três dias de viagem, topamos com um magote de homens estropiados. Eram nove homens brancos, dois negros e um cariri. Um de nossos guerreiros, que seguiam na frente como batedores, veio correndo e nos avisou.

Então, mandamos nossas mulheres e crianças ficarem quietas no mato e os guerreiros seguiram, espalhados uns dos outros, ao encontro da expedição dos brancos. Os guerreiros os alcançaram sem ser percebidos. Eles seguiam com dificuldade, um atrás do outro, e pareciam muito cansados. Então, a um sinal, soltamos nossas flechas. Eles mal puderam se defender, tão fracos estavam. O cariri ainda mandou uma flecha, mas logo recebeu as nossas nas costas e no peito. Os negros tentaram fugir, mas também foram atingidos por nossas flechas certeiras e descansadas. Estavam desarmados. Apenas um trazia uma espingarda, mas não tinha pólvora. Estavam muito magros, e na barriga parece que havia muito não tinham botado nada.

Onde eles caíram, aí os deixamos. Dormimos ainda seis noites antes de deixar a caatinga e entrar nas matas verdes e frias do pé da serra, de onde escorrem os fios de água dos riachos.

Kalankó disse:

– Este é um lugar bom para fazer roça. Aqui muitas caças comem e bebem. As lagoas estão cheias de peixe. Aqui é o lugar onde vamos fazer nossas casas.

O sol já ia baixo. Ouvimos, calados, a decisão de Kalankó. Deixamos para o outro dia erguer nossas choupanas. Estávamos cansados depois de tão longa caminhada. Mal tínhamos forças para conversar. No silêncio imenso daquelas paragens, apenas uma voz ou outra, dispersas pelas imediações, denunciavam a nossa presença. Cada um andava para um lado fazendo o reconhecimento das coisas do lugar. Logo veio a noite e cada qual, separados ou abraçados, aninhou-se debaixo das árvores onde achou chão mais confortável para dormir.

Muito tempo vivemos do lado da Serra do Angelim virado para onde o sol se põe. Passadas duas colheitas de mandioca, subimos a serra e fomos morar do outro lado, onde o sol bate ao nascer. Os riachos que nascem deste lado correm para o Rio Salitre. Qualquer lugar, no estirão de terra que fica entre a serra e o rio, é bom para fazer roça. Tem fruta de toda qualidade e muita caça. Casas de muitas nações viviam espalhadas por todas as imensas distâncias, de um lado e do outro do rio. Vivíamos andando por todas aquelas lonjuras. Acompanhando o percurso dos riachos, íamos até o Rio Salitre e voltávamos, sempre com grandes colheitas de frutas, de mel e de ovos de tantas e diversas aves que ali criavam em quantidade.

Mas foi por esse tempo que começaram a aparecer as expedições dos calções-de-couro. Um dia apareceram dois homens do povo moritis. Eles estavam muito espantados.

– Somos moritises, do lugar que os estrangeiros chamam de Campos dos Cavalos, lá onde o Rio Salitre se mete no São Francisco.

– Chamam esse rio de Salitre e agora as suas várzeas chamam dos cavalos.

– O que é isso que chamam cavalos? – Perguntou Kalankó aos moritises.

– São bichos como umas antas, em que eles sobem escanchados, e os levam aonde eles querem. Só que mais altos que antas e têm o pescoço comprido e a cabeça também é mais fina. O corpo tem pelo como o caititu, só que crescem até topar no chão.

– Eles atacam a gente?

– Não. Eles são xerimbabos, bichos de estimação deles.

– O que eles comem?

– Não comem outros bichos, não. Só folhas, e acabam com nossas roças.

– E o seu povo, onde está? Por que chegam sozinhos de lugar tão distante?

– Fomos atacados pelos calções-de-couro, que trazem gados. Nossa casa foi arrasada. Nós conseguimos fugir.

– Onde estão os outros guerreiros?

– Muitos quiseram ir com os calções-de-couro.

– E os outros?

– Resistiram. Então foram degolados.

– E as mulheres?
– Levaram em cordas.
– E as crianças?
– Levaram.
– Para onde levam os amarrados?
– Juntam pessoas de várias nações em curral de bois que chamam fazendas, com vigias com armas de fogo. Obrigam a fazer roças. Obrigam a fazer cerca de pedras ou de paus. Outros, eles tangem para o mar, onde ficam as moradas dos brancos e muitos engenhos. De lá voltam muitos como guerreiros, prender ou matar os que ficaram.
– Por onde vocês passaram, como estão os povos? O que vão fazer agora?

Assim respondeu um dos moritises:
–Vimos muitos povos dos dois lados do Salitre até o São Francisco. Os caimbés da Serra da Varzinha estão amedrontados. Muitos já se mudaram para as terras de Jeremoabo. Outros andam de um lado para o outro, nunca sossegam em nenhum lugar. O povo Topins está acabado: aldeias inteiras desse povo seguiram para o mar, amarradas. Os secaquerinhens e os cacherinhens, todos dois conhecidos como povo alegre, estão assustados. E os gueguês, povo valente, andam assanhados. Avisam que nenhum dos seus vai ser escravizado. Vimos tribos inteiras de ocrens correndo para a mão esquerda cruzar com ocris, que corriam para a mão direita. Todo mundo está espantado. A grande nação paiaiá, quase toda vencida, ainda promete lutar. Dos sapoiá, tocós, tamaquins e araquenas não sabemos dizer: se estão muito escondidos por essas caatingas das Jacobinas, ou se para a Floresta do Encante já se mudaram.

– E de meus irmãos, povo anaió, sabem vocês dizer o quê?
– Kalankó, líder e guerreiro do povo anaió. Na embocadura do Salitre vivem unidas as sete aldeias dos guarguaes, que são o

mesmo povo gueguê. Não estivemos lá, mas ouvimos dizer que as sete irmãs estão unidas com seu povo anaió e já se armam para a grande guerra contra os fazendeiros, que vai ter de acontecer.

Depois de ouvir essa notícia sobre nossos irmãos anaiós do Salitre, Kalankó ficou em silêncio algum tempo. Todos viram que ele pensava antes de tomar qualquer resolução. Todos aguardaram até que ele falou:

– Do Morro do Chapéu fomos expulsos pelos curraleiros. Muitos dos nossos morreram. Outros eles levaram em cordas, não sabemos para onde. Nem se ainda vivem podemos dizer. Vamos fazer com os curraleiros o que a onça faz com quem lhe tira da toca os filhotes.

Ninguém mais falou. O que precisava já tinha sido dito. Naquele mesmo dia, os dois homens moritises entraram na mata e não mais foram vistos.

Kalankó disse:

– Do outro lado do Rio Salitre, correndo pela mão direita, fica a Serra de Itiúba. Vamos fazer a comprida travessia até lá.

Passamos muito tempo nessa viagem. Muitas vezes a lua nova nasceu. Muitas vezes mudamos de lugar, a caminho da Serra de Itiúba. Atravessamos a caatinga e as terras secas espetadas de macambiral. Chegamos onde brotam as águas do Itapicuru e fizemos nossas choupanas na beira do riacho da Fumaça, que entrega suas águas ao Itapicuru. Meu filho já tinha ficado um menino grande.

Foi então que aconteceu. Apareceram dois padres, um por nome Jacó Roland e o outro, João de Barros. Eles chegaram guardados por um capitão, bem armado, chamado João Pereira, e uma tropa de cento e dez homens flecheiros, do mesmo extrato de gente das matas, só que não estavam mais nus como nós, cobriam-se de uns calções de panos de vestir, tendo todos se mudado em gentio doméstico, conforme aprendi depois. Com esse capitão e esses padres também vinha um negro que falava a nossa língua e a dos brancos. Era ele o Língua, e o que o capitão dizia, ele tornava pra nós no nosso jeito de falar.

Eles eram muitos. Nós éramos poucos. Eles cercaram nossas cabanas ao amanhecer. Nossos guerreiros Periá, Tapeba e Jatuta saíram atirando suas flechas, mas tombaram feridos. O capitão gritou em sua língua e não entendemos nada. Depois o negro, fazendo a gente entender:

– Larguem as flechas! Rendam-se, ou não sobrará um vivo!

Ficamos quietos, espantados, encolhidos uns aos outros como um bando de cutias encurraladas. Agoniadas, nossas irmãs quiseram fugir, mas os flecheiros tomaram a frente, apontaram pra elas as flechas nos arcos retesados. Então um dos padres, que estava desarmado, aproximou-se de nós com os braços abertos e as mãos espalmadas. O negro veio junto dele, repetindo em nossa língua o que o padre dizia com uma voz que queria ser branda.

– Aceitem nossa proteção, filhos perdidos de Deus! Queremos reuni-los onde estejam a salvo dos fazendeiros que vêm para escravizá-los. Não tenham medo. Fomos enviados para salvá-los do mal, para Deus e para o nosso Rei. Aceitem nosso amor e proteção, ou cairão escravos nas mãos de cruéis fazendeiros.

Ficamos acuados e perturbados. O outro padre falou com o negro, fazendo gesto para nos pôr a caminho.

Foi nesse momento que Kalankó, enfurecido, partiu com um porrete pra cima do capitão, que estava montado num cavalo. Antes que Kalankó o alcançasse, foi surpreendido com um tiro no peito e caiu aos pés do cavalo.

Houve uma movimentação, gritos dos nossos, o padre bradou enfurecido, gesticulando para nos manter reunidos. Foi então que vi sair pelo fundo de uma choupana Dinaman, que até aquele momento assistia a tudo escondido. Os flecheiros voltaram-se para a perseguição de Dinaman que, como um gato do mato, já ia longe. Enquanto todos se viraram para o lado por onde iniciou a perseguição, eu me esgueirei por trás de outra choupana e sem que ninguém percebesse, eu escapei rastejando e ganhei o mato fechado.

Eu consegui fugir, mas levaram meu filho com os outros para a aldeia dos sapoiás, onde os padres já mantinham reunida muita gente desse povo, misturados com outros que eram dos paiaiás, dos borcás, dos cuparans, dos cacherinhens.

Com o meu filho também levaram Ascuri, Yacó, Gapoi, Aikyry e as mulheres, Yacui, Oiara, Catuba, Janaúba, Cipassé, Tamikuã e a velha Magaró.

Fui assim separada de meus parentes. Apenas Ascuri e meu filho eu voltei a ver tempos depois, num dia de tão contrários e funestos acontecimentos para o meu povo.

– Você viu quem entrou por aquela porta e passou para a sala?
– Eu vi que passou alguém.
– É o João Lemos. Esse que mora na casa do lado. É só ele chegar, para Ascuri aparecer. Quer ver, repare.
– E agora estão cantando a linha que Ascuri gosta. É cantar essa linha que ele aparece. Fazer patacoadas é com ele mesmo.
Olhe, olhe! Escute! Já é ele que está falando pela boca de João Lemos.

Eu sou Ascuri, dos anaiós do Morro do Chapéu. Quem é que não me conhece? Me chamam o fazedor de graça, saí do mundo visível impiedosamente. Meu defeito é nunca estar no meio. Ou gargalho, ou sou muito sério.
Fui eu que vi o menino Urutu, filho de Ialna, crescer e virar o que virou. É dele que eu vou falar. Foi na missão do invocado São Francisco Xavier, na aldeia dos sapoiás, onde os padres reuniram também outros povos, no lugar que depois veio a se chamar a Vila Nova da Rainha, na Jacobina Velha. Mais pra diante é que foi mudado para cidade de Bonfim. E não sei por que ainda não mudaram este também, pois já faz é tempos que tem esse nome.

Eu era novo, mas já era homem. Urutu era um menino quando aqueles dois padres chegaram com a tropa e nos levaram. Um se chamava João, o outro, Jacob Roland. Houve dos nossos quem escapasse. Ialna e Dinaman foram desses. Os outros seguimos, primeiro para a missão. Depois é que diziam que iam nos levar para outro lugar, que eles chamavam de grêmio da igreja católica. Mas eu mesmo nunca entrei nesse grêmio. Alguns acho que foram. Era muita gente naquele tempo. Tinha coisa naqueles padres que até hoje eu não entendi. Eles falavam um pouco a nossa língua e queriam sempre aprender mais. Eu acho que era pra melhor nos dominar.

Eles disseram:

–Todos vão fazer choupanas para morar separados. Não vai ficar todo mundo reunido.

Depois que as choupanas ficaram prontas, eles disseram:

– Agora, em cada cabana vai morar um casal. Os filhos pequenos e os grandes, sendo solteiros, vão morar com os pais, e se não tiverem pais, moram com os mais velhos.

Eu tinha uma mulher. O nome dela era Cipassé. Mas eu também gostava de Yacui, que era mais nova, e vivia rindo pra mim. Era a mais bonita de todas. Quando ela dormia sobre a relva, parecia um ovo de perdiz no ninho, de tão bonita. Eu já tinha dormido com ela e ela disse que ia morar comigo junto com Cipassé

Então eu disse ao padre:

– Eu tenho essa mulher, e essa outra também vai ser minha mulher. Vou morar com as duas.

– Agora você vai largar os maus costumes. Vai ter uma só mulher.

– Mas o quê? – eu disse.

– Todos vão viver pela lei do Deus verdadeiro, e quem não obedecer vai sofrer grande castigo.

– Mas o quê? – eu disse de novo.

Foi assim que aconteceu. Por causa disso, Yacui foi morar com os pais dela. Ela viu que Urutu estava só, então ela levou esse menino para morar com ela na cabana dos pais dela.

No aldeamento tinha uma coisa que acontecia todos os dias, sempre na mesma hora. Era o toque do sino. O meu ouvido não desacostumou daquele barulho até hoje. O primeiro toque era ao amanhecer e o derradeiro era no fim da tarde. Ainda agora, que eu não ouço mais aquelas batidas, quando é de manhã, ou quando o sol vai entrando, eu sinto que está faltando alguma coisa. É aquele sino longínquo e perdido nos ermos do sertão antigo.

Tinha outra hora que o sino batia também. Era no meio da tarde, para reunir os meninos e as meninas pra eles ouvirem as histórias de Deus e aprender muita coisa que os padres ensinavam. Diziam que era o catecismo.

Era bater e o povo se reunia na igreja. O sino ficava assim do lado, encostado no alpendre que ladeava a casa da igreja. Os padres ensinaram que aquele lugar em que ficava o sino se chamava campanário. Dois paus enfiados no chão e bem no alto deles uma travessa onde estava pendurado o sino. Descia uma corda do badalo até a mão, pra bater. Ninguém podia bulir nessa corda, porque ele só batia nas horas certas de reunir o povo. Eu nunca tinha visto uma coisa acontecer sem falhar um dia, como era aquele sino batendo. Tudo que eu conhecia era desigual, como o voo do passarinho, que nunca passa pelo mesmo lugar.

Eu vi que logo o padre João gostou do menino Urutu. Ele ensinou Urutu bater o sino. O menino ia, puxava a corda todo dia. O povo começava a chegar, atendendo ao chamado dele. Ele gostava de ver o povo vindo, obediente. Depois ele aprendeu muitas outras coisas da santa fé deles. O padre passava a mão na cabeça dele, dizia que era um menino bom.

Outras vezes ele chamava o menino, perguntava o nome das coisas e o menino sabia todas as palavras que ele queria. O padre também brincava com o menino, ensinando as palavras na língua dele.

O padre João ficou logo muito animado com o menino e até espantado de ver como ele aprendia com tanta facilidade a língua dos brancos. Às vezes ele passava na cabana onde morava Urutu, falava com Yacui, procurando o menino. Só falava mais era com gestos com Yacui, porque ela não entendia nada do que ele falava, mas ele se esforçava em falar na língua dela. Ela olhava pra ele e ria com aquela beleza dela, que o padre ficava olhando, feliz com as obras de Deus neste mundo, não fosse a traiçoeira fraude do Demônio.

– Ó menina, está cá o menino?

E ela se ria inteira, o corpo todo se ria, vestido só de penas.

E ele gesticulando e tocando o braço dela:

– Virgem Santíssima, minha filha, está cá teu irmãozinho?

E ela dizia alguma coisa com uma voz que parecia vir das brenhas escuras das mais escuras matas, e ele não entendia mais nada.

– Ó filhinha, apaga da tua boca estas palavras e o teu sorriso, e me traz cá na igreja o irmãozinho.

Na frente de minha cabana, tinha uma tora. Eu estava sentado nela e vi o padre sair da cabana de Yacui e seguir o caminho direto para igreja, que estava vazia. Eu fui até lá, olhei pela porta meio aberta. Vi o padre João diante do altar, de joelhos. De tempos em tempos, ele levantava o rosto para a imagem do crucificado, e batia seguidamente a mão fechada no peito. Depois deixava cair mais uma vez o queixo sobre o peito e assim ficava, e só os lábios, que mexiam, pareciam ter vida.

Deixei o padre João lá desse jeito, achando bonito fazer aquilo de bater no peito. Cheguei na cabana e me pus de joelhos fazendo igual. Estando daquele jeito, batendo os beiços e esmurrando o peito, entrou Cipassé. Ela levou um grande susto, deu um grito e se meteu na mata com medo. Só voltou daí a três dias, quando eu consegui achar ela. Vendo que eu estava como sempre estivera, aos poucos ela me deixou aproximar. Eu expliquei tudo. Ela deu muita risada e voltou para casa.

Naquele mesmo dia o padre João decidiu tirar o menino da família dele, porque no dia seguinte ele trouxe o menino para perto dele, onde já viviam separadas outras crianças, e disse que Urutu estava impedido de se comunicar com a família.

De primeiro, eles chamaram todos os povos de índios, nome que não conhecíamos. Que é de gente lá das Índias, e não daqui. E assim índios todos ficamos. Depois é que, debaixo do batismo, nos deram os nomes que eles trouxeram. E o nome de cada um foi esquecido. Foi assim que o nome de Urutu do filho de Ialna lhe foi tirado, e ele ficou sendo Leonel, que com o nome que sua mãe lhe deu ele não podia entrar no grêmio da igreja católica. Assim disseram os padres.

Eu fiquei espantado com o menino Urutu. Ele olhava para mim de um jeito, como quem estava me vendo pela primeira vez. Então eu perguntei:

– Urutu, você viu o quê lá com os padres? Eles estão dizendo o quê?

– Os padres vieram mostrar o erro de todos. Os erros dos pais, dos meus parentes todos.

– Todo mundo tá errado?

– É. Você também.

– Estão querendo mexer na cabeça do povo, por quê?

– Pra limpar, eles disseram.

– Limpar?

– Eles dizem assim: que vão livrar a gente do incômodo dos corpos e afastar o perigo de nossas almas.

– Um...! Agora eu não entendi mais nada – foi o que eu disse.

Era estranho como o menino sabia dizer aquelas coisas, aquelas palavras. Eu mudei as vistas para o outro lado e fiquei em silêncio. Então ele disse:

– Eu vou aprender mais, depois eu te falo. Agora toda noite os meninos vão se reunir na igreja, para aprender. Depois os meninos virão falar para os pais, ensinar. O Deus.

– Deus?

– É. Eles sabem tudo. Tem muita coisa que já escutamos os padres falar.

– Muitas coisas?

– Eles já ensinaram umas: a Criação, e como o Deus acabou com tudo no Dilúvio, porque as pessoas falavam muitas mentiras, faziam muitas coisas erradas, assim como nosso povo. Aí vem o castigo.

– Castigo?

– É. Tem que obedecer. Parar com os maus costumes. E rezar todos os dias para o Anjo da Guarda nos proteger do inimigo, que é o Demônio.

– O Demônio?

– Sim, *nhewó*, o Demônio.

– Onde mora o Demônio?

– Ele fica escondido, sempre de olho na gente. Depois ele joga isca. Quem pega, ele, ó, carrega para o Inferno.

No outro dia, eu ia trabalhar na roça. Eu estava indo com Cipassé. Era tempo de plantar. O padre João me viu e disse.

– Hoje não é dia de trabalhar. Hoje é dia de domingo. Tem que prestar serviço ao Senhor na Igreja.

Mas eu não fui à Igreja porque era tempo de plantar. O espírito que prepara boa colheita mandou que eu fosse plantar. Quando eu cheguei na roça, só estava eu e Cipassé. Os outros não tinham ido. Estavam todos na Igreja. Por isso naquele ano não tivemos colheita boa. Muita coisa estava dando errada naquele tempo. Uns faziam de um jeito, outros faziam diferente. Os padres inventaram outro dia, que chamavam de sexta-feira. Depois todo mundo ficou sabendo o que era sexta-feira. Mas antes dos padres, dia era dia, era uma coisa só.

Toda sexta-feira tinha procissão para os batizados. Os meninos que não eram batizados não podiam participar da procissão. Às vezes eles queriam entrar na procissão, mas os padres não deixavam. Dava para ver que os batizados nessa hora ficavam orgulhosos, ficavam se sentindo melhores que os outros. Eles eram os filhos de Deus, ou outros eram ainda escravos do Diabo.

Antes de todos os meninos, o filho de Ialna aprendeu a língua dos brancos. O padre João premiava Urutu, sempre passando a mão na cabeça dele na frente dos outros.

Era muito obediente, e ajudava os padres em tudo. Aprendeu logo todas as orações. Sabia dizer o Pai-Nosso, a Ave-Maria, a Salve Rainha e tinha de cor os dez mandamentos. Na missa do domingo, ele passava à frente dos outros, porque queria ser mais borrifado de água-benta que os outros. Desde que aprendeu a fazer confissão, estava sempre carregando culpa para confessar ao padre e pedir castigo e penitências.

Eu ficava olhando para esse menino de Ialna. No momento em que ia receber o batismo, ele olhou ansioso para a cuia de água que lhe seria despejada na cabeça, para ver se estava bem cheia, e saboreou o sal quase com gulodice, enquanto ouvia pela primeira vez o seu nome cristão. E despejando na cabeça a água, que lhe escorreu pelo corpo, o padre disse:

– Eu te batizo, Leonel, em nome do Pai, do Filho e do Espírito Santo.

Mas ao ouvir essas palavras, o filho de Ialna olhou em volta, com ar espantado, como se não estivesse entendendo nada. Era a cara de quem tinha atravessado uma porta e não soubesse o lugar onde estava. E o rosto tomou uma expressão tão animalesca, que o padre diria ser a própria figura do Demônio, se já não o tivesse batizado.

Desde que foi batizado, Leonel dedicava-se cada vez mais ao serviço do Senhor. Ia à igreja diariamente, e onde estivessem os padres, lá estava ele, sempre a ajudar, a disciplinar-se, a aprender os artigos da fé.

Não vivia mais solto pelas matas como os não batizados. Vivia a confessar-se por qualquer travessura, mesmo que fossem só pensadas. E arrependido, aceitava com alegria as penitências que lhe encomendava o padre.

E quando procurava os parentes e os amigos dos parentes era para exortá-los a deixar os maus costumes, não se embriagar com o vinho da jurema, não ficar dançando em cantorias, não ficar mudando os homens de mulher todo dia, nem durante as festas. Nem as mulheres deviam andar com as carnes à mostra, mas cobertas com o avental de penas e irem todos à igreja aos domingos e dias santos e serem sempre obedientes aos padres por temor e castigo de Deus.

Nas procissões das sextas-feiras, muitas vezes eu o vi enfileirar homens e mulheres atrás de si, a segui-lo com as mãos juntas, e repetindo *ora pro nobis*.

Assim ele falava aos mais velhos, com a língua afiada que só ele tinha. Muito entendido de palavras.

Eu já tinha me acostumado com os modos cristãos dele de um jeito, que eu estranhava quando o via sem estar se benzendo com o sinal da cruz, ou sem chamar o nome de Deus, ou sem chamar pelo Anjo da Guarda para afastar o Diabo. E nunca mais apareceu na casa dos pais, nem o vi visitar os outros parentes, desde que o padre João tinha dito na missa para os filhos de Deus se defenderem do mundo, não fazendo amizade com os maus, e fugir dos que são torpes e desonestos, e fechar os ouvidos às palavras e cantigas desonestas e supersticiosas dos pagãos. Mas ser amigo dos modestos, dos prudentes e tementes a Deus.

Um dia aconteceu. Eu, Cipassé e Yacui saímos logo cedo caçar ovo de passarinho na caatinga. O dia todo andamos por aquele mundo todo, daqui pra acolá, de lá pra mais longe, atrás dos ninhos. Eu sei que só voltamos para o aldeamento já quase de noite.

Vocês sabem como são esses caminhos nossos aí no meio dessas caatingas quando chega de tarde. Vai descendo o sol e as sombras das catingueiras e do juremal vão recobrindo de brandura as estradinhas. Aqueles caminhos antigos, forradinhos de areia branca e fina, macia, rendada de rastros das rolinhas fogo-apagou. Como tudo isso deixa alquebrado o corpo de um homem ou de uma mulher, com uma febre de desejo que não tem quem possa resistir. A solidão desses ermos caminhos nessas tardes, longe de tudo e de todos, é como um caldeirão do mundo onde tudo se dissolve. O peito padece de um vazio leve e intolerável. É uma saudade de alguém. Tem tudo nesse momento, menos a pessoa que você ama. Você olha a delicadeza dessas coisas, e tudo o que você queria nessa hora é que aquela pessoa estivesse ali, para ver junto com você. E você chega a acreditar num sortilégio, que é de repente essa pessoa aparecer. Você mergulha entre pios de pássaros nunca vistos, entre os tinidos de cigarras tostando na quentura, entre os gritos pavorosos dos cancãos que comem cobra, entre os sopros tristes das juritis. E cada canto empresta sua parte à solidão. Aí nesse momento, o coração dói de amor, o corpo sofre, e a imagem da pessoa desejada fere tanto as carnes quanto fere a alma.

Pois foi bem num pedaço de estrada assim, com as curvas que costumam ter, que vinha o padre João, sozinho, depois de uma visita a outra aldeia vizinha. Sabe lá quais tremores de enlevo lhe punham no peito as solidões daquela estrada. E ao sair de uma curva, seus olhos dão em cima da bela Yacui, o corpo nu, refrescado pelas sombras que cobriam o caminho. Ela estava sem pressa nenhuma, apenas brincava os pés na areia e tocava em uma e outra rama dos arbustos de um lado e outro do caminho. E ali estava assim porque esperava a mim e a Cipassé, que demorávamos na mata, em busca dos ninhos.

Como eu já estivesse próximo a ela, avistei, entre os galhos do chavascal, o vulto dela e o do padre. Retive o passo a observar. E o que vi foi o padre parado, a entreter-se com Yacui, que sorria como se o vento fresco lhe soprasse os lábios. O homem falava-lhe manso e convidou-a pela mão a sentarem-se no chão. E mal se sentaram, ele passou a alisar-lhe os ombros, os braços as pernas. Parece que ela lhe ofereceu os seios duros. O certo que o vi a mamar um e outro bico. E por fim, desvencilhando-se sofregamente da batina, deitar-se abrasado sobre a moça.

Pressionou o corpo da moça contra o chão seguidamente e os dois misturaram-se com a areia até aos guinchos e espasmos. Depois de um tempo se levantou, mas não de corpo inteiro. Antes, soltando a moça, colocou-se de joelhos. Ainda nu, juntou as vestes contra o peito e, segurando-as assim com uma mão, enquanto com a outra mirava os olhos para o céu, e se benzia muitas vezes com o sinal da cruz.

O padre recompôs-se daí a pouco. Pôs-se de pé, vestiu sua velha e rota batina. Yacui entrou no mato e foi distanciando-se. O padre acompanhou o corpo dela com os olhos. Os ombros macios. A cintura. As nádegas e pernas polpudas e apetitosas. Até que toda ela sumiu na mata. Ele cerrou os olhos e puxou o ar o mais fundo que pode, depois pegou o caminho.

Pela expressão que levava no rosto, pareceu-me que no íntimo ele decidia nunca mais voltar a Portugal, e viver para o resto de sua vida entre os índios, que tanto precisavam dele, para a salvação de suas almas.

No meio do silêncio costumeiro daqueles caminhos, mesmos os pequenos barulhos podiam ser ouvidos. O das sandálias do padre que se afastava pronunciou-se até findar-se. O do ar deslocado pelos leques das asas da juriti que cruzou o caminho e perdeu-se num instante. O da chusma de mosquitos incomodou os ouvidos. O de galhos secos, quebrados sob as passadas de algum animal invisível, despertou o mistério. Talvez fosse Yacui que vinha retomar o caminho. Mas um veado mateiro cruzou o caminho sem fazer nenhum barulho audível, tal era a leveza de seus cascos ao pisar entre as folhas do chão.

Naquele dia chegamos de volta à aldeia no fim da tarde. Yacui tinha se juntado a nós e chegamos todos juntos.

Ela disse, rindo:

– O abaré deitou comigo no chão.

– Eu vi. Fiquei olhando escondido.

– Depois ele se benzeu muito – ela comentou, se torcendo de rir.

– Agora só falta você ficar prenha dele – eu disse.

Ela se afastou correndo, no rumo de sua casa. Eu e Cipassé entramos em nossa cabana.

Outro dia, padre João apareceu em minha cabana. Yacui estava lá. Ela estava deitada na esteira comigo. Cipassé estava na rede. Eu estava mole, porque tinha acabado de subir em Yacui. Minha mulher tinha pedido pra eu me deitar com Yacui e subir nela. Cipassé gostava de Yacui e pediu isso, que era para Yacui ficar alegre.

Foi aí que o padre João chegou. Yacui estava com toda a beleza dela, deitada. Ela se pôs sentada quando o padre entrou. Ele se sentou no cepo e ficou olhando pra Yacui. Cipassé pegou uma cuia de coité, encheu de água e deu pra ele. Ele bebeu a água deixando escorrer pelos cantos da boca. Terminando de tomar a água, ele devolveu a cuia a Cipassé e quis dizer alguma coisa em nossa língua, mas teve dificuldade e só atropelava as palavras e não dizia nada compreensível. O que me pareceu é que ele de repente tinha-se esquecido de tudo que já sabia de nossa língua. Ele meteu a mão no bolso da batina e tirou dele um caderninho onde ele vivia anotando palavras de nossa língua. Procurou nele alguma coisa para dizer, mas não adiantou nada, porque não conseguia alinhavar palavra com palavra, misturando as nossas com as dele, e por fim passou a falar só em português e ficou pior ainda porque nós também não entendíamos nada.

Nesse ponto, eu me levantei, peguei Yacui pela mão e levei-a até ele e apontei a esteira para que ele deitasse com ela. Sentado, ele abraçou a cintura de Yacui, cujo umbigo nu ficou bem na altura da boca do padre, que sem demora começou a beijá-lo e a lamber toda a barriga da moça. Naquela posição submissa ao corpo da moça, me lembrou a figura dele quando abraçava a cruz grande da igreja com toda a devoção.

Então eu me aproximei dos dois e tocando no ombro dele, novamente indiquei a esteira para eles deitarem. Ele soltou a moça e tirou a batina, enquanto Yacui foi se deitando na esteira abrindo o sorriso. O padre tinha perdido um pouco a cor e não parava de falar, como se fosse dizendo uma reza decorada.

Ele fez com as mãos uns gestos pra mim, como se fosse para me expulsar dali. Eu não obedeci e fiquei ali mesmo do lado, na rede com Cipassé enquanto ele já misturava esguichos de prazer e dor, misturados com o nome de deus e de todos os santos.

Finalmente, o homem se acalmou e, satisfeito, deixou cair o corpo ao lado do corpo da moça. Depois de um tempo, virou-se para mim e disse com palavras mal arrumadas, mas que de todo modo eu entendi que ele queria dizer:

– Ó diabo, se aparece alguém na porta, não deixa cá entrar de jeito nenhum.

— Sim.
— E se perguntarem se me viste, diz que me viste a ir visitar a outra aldeia.

Tornei a assentir com a cabeça.

Com voz medonha ele ajuntou ainda:

— E se não fazes como te digo, tem por certo que te mato.

Dizendo isto, o padre voltou a enlaçar a moça e a beijá-la. Mas daí a pouco caiu num pesado sono, puxando a respiração do fundo dos pulmões.

Nessa hora os espíritos que gostam de brincar fizeram uma desfeita comigo. Eu ouvi bem que eles me diziam:

— Veste a batina, seu padre!

Quando eu vesti os panos rasgados do padre, me animou o espírito de macaco e eu comecei a andar na frente de Cipassé, carantonhando o padre, e gesticulando com as mãos, como ele fazia quando se benzia e quando olhava para o céu ou para a cruz. Cipassé achou muito engraçado e começou a gargalhar e não parava de rir.

Mas nesse momento o padre acordou, e me vendo vestido como ele, não falou, não riu, não gritou, não ralhou. Mas arregalou de tal modo os olhos pra mim, que foi como se estivesse diante de uma terrível assombração. Foi tanto assim, que até eu mesmo me senti como se eu não fosse mais eu. Eu era ele olhando pra mim. E resolvi dar uma surra em mim porque eu era mau.

Num instante ele se pôs de pé, nu, o rosto raivoso e afogueado, bradou:

— Dá cá isto! — e dirigiu-se a pegar o relho de couro trançado que ele sempre trazia consigo e com que castigava velhos e jovens de maus costumes.

— Dá cá isto! — repetiu ele — e desceu o relho com tanta força nas minhas costas que caí de quatro no chão.

O que aguentei a seguir foi uma carga de chibatadas que ele desfechou sobre mim, com muita dor para as minhas carnes. E enquanto batia soltava muitas exclamadas palavras:

– Paga-te, suporte do Demônio. Paga-te tu também, que vives a regalar-te pelos caminhos com as sujidades do mundo!

E batia, batia.

– Toma mais, alma vil e mentirosa, e sempre curvada às imundícies do diabo.

E mais:

– Toma isto por tua fraqueza e por tua rendição à concupiscência debaixo dos olhos de Deus!

– Toma! Toma! Toma, parceiro do Demônio! Toma tu também, que vieste para este Inferno, e que te preparas para outro Inferno mais cruel ainda. Toma! Toma!

De repente suspendeu as chibatadas e, como que voltando a si:

– Mas o que estou dizendo! Tira logo as minhas vestes consagradas e deixa destas momices, que já fujo daqui às carreiras!

Entendendo pelos gestos que ele fazia que era para eu me despir da batina, apressei-me em tirá-la, então mais rota do que antes, depois de tanta maceração a chibatadas.

Yacui e Cipassé estavam encolhidas no canto da cabana e assim que o padre saiu elas vieram me acariciar, consolando-me das dores que sofri. Como não tivessem entendido nada do que se passara, apegaram-se ao entendimento de que eu tinha passado por grande provação, tendo-me saído muito bem pela resignação e coragem com que suportei as vergastadas. Por isso me fizeram muitos elogios e, para aliviar o ardume que eu ainda sentia, elas me lavaram com ervas embebidas na água.

Achando-me merecedor de tantos bons cuidados, pedi a Yacui que não nos deixasse naquele dia. Ela disse que queria ficar e me alegrou muito.

Nem por ser ainda de tarde, deixamos de deitar na esteira os três. Eu dormi com elas me alisando os músculos doloridos. Depois entrou a noite, e nós ali na esteira, dormindo e acordando e tornando a dormir. Ora eu subia em uma, ora eu subia na outra. E assim passamos a noite toda, só levantando de vez em quando para beber uma cuia de água, ou mijar do lado de fora da cabana.

Uma hora Yacui me saiu com uma pergunta:

– Ascuri, você tem vontade de ir no Inferno?

– Tenho não. O padre disse que lá é lugar de muito sofrimento. O povo de lá é muito mau, e joga no fogo todos que entram lá. Quem lá chega nunca sai, e fica queimando num fogo que nunca se apaga.

– Mas você é corajoso, e vence qualquer um.

– Sou não.

Passados alguns dias, levei uma segunda surra, vestido com a rota batina do padre João.

Ele tinha ido levar o sacramento do batismo a uma velha secaquerinhém que morava numa cabana, sozinha, a meia légua de distância do aldeamento. Ela estava muito doente, e vieram dizer ao padre que daqueles dois dias ela não passava, porque tinha chegado pra ela a hora de morrer.

Onde houvesse um doente à beira da morte, os padres não mediam dificuldades para ir batizá-lo, e faziam isso movidos de grande compaixão, para que o livrassem de morrer pagão e da perdição eterna de sua alma. Eles até andavam dando preferência ao batismo dos velhos, principalmente os que já tinham os pés na cova, pois estes, morrendo em seguida, não tinham recaídas nos costumes do Diabo. Enquanto os mais novos que recebiam o batismo, diante da primeira isca que o Diabo lhes lançava, já caíam nas matas, a praticar as mesmas torpezas e as mesmas bestialidades que praticavam antes do batismo.

Já tinha começado o tempo das chuvas. Os chavascais das terras planas e dos morros. As folhas dos chavascais brotaram todas de uma vez. Em todo o chão, a imensidão verde, a frescura das folhas tenras revestindo a garrancharia densa das caatingas. E acima de tudo, a luz morna do sol, e o azul do céu sem fim e sem mancha.

Na face muito verde dos cajueiros, as pintas em pencas vermelhas, amarelas, dos doces cajus que Cipassé, Yacui e eu fomos colher. As duas caminhavam à minha frente. Após elas, eu seguia levando um panacum de caroá, que pretendíamos encher dos frescos frutos que íamos colher. Yacui, sempre brincando e sorrindo, caminhava coberta singelamente só a cintura com um avental de penas coloridas que, na frente, lhe acariciavam o estojo do amor e as virilhas, e na parte de trás acompanhavam a elevação da bunda. Cada braço recebia o aperto de um bracelete, e acima de um calcanhar, uma volta de penas alvas, de garça. Os peitos, ela ofertava aos ventos, desnudos.

Apenas isso o padre João viu quando o topamos no caminho que o levava à casa da velha secaquerinhém. Quem o acompanhava naquela missão era Leonel, que ia todo vestido de um camisão banco, de algodão. Levava transpassado sobre o peito um embornal de couro e dentro dele os objetos sagrados que já sabíamos: a estola, o hissope, e um pequeno odre com sal. Carregar essa pequena e importante bagagem do sacerdote era um sinal de distinção para Leonel, de que tanto ele se inflamava.

Assim que o padre nos alcançou no caminho, pois íamos devagar, ora entrando na mata, ora saindo, em busca de cajueiros carregados, ele nos saudou com um pouco de animação:

– Mas o que fazem aqui, oh, criaturas abandonadas de Deus? Por que não sossegam em suas miseráveis choupanas? Por que estão o tempo inteiro a vagar por estes matos como feras tardias?

Ouvindo isso, eu entendi uma palavra ou outra. Cipassé não entendeu nem isto. E Yacui deixou apenas sua beleza vagar num gesto tímido que, ao que notei, produziu um calafrio no padre.

Foi então que Leonel, atraindo para si a nossa atenção, passou toda a fala do padre para a nossa língua e pudemos entender tudo.

Fiquei espantado ao ver que o filho de Ialna já falava com tanta destreza a língua do estrangeiro. Então eu me orgulhei da capacidade de nosso povo. Eu acabara de fazer uma descoberta, mas eu não sabia decidir se aquilo era razão pra me envaidecer, ou para me aterrorizar.

De todo modo, dali em diante eu podia conversar com o padre sem dificuldade, que ele ia me entender, bastando que Leonel estivesse por perto pra mudar uma língua na outra. E tanto o rapaz se afeiçoou dessa tarefa, que em qualquer ocasião, e em qualquer lugar que o padre precisasse se fazer melhor entender, lá estava ele para facilitar.

Então, eu olhei para o rapaz e disse:

– Você diga para o padre que nós estamos na mata apanhando caju. Diz também que se ele quiser também apanhar caju, que venha comigo, que lhe vou mostrar onde tem os pés mais carregados.

Quando o padre ouviu de Leonel o que eu disse, apenas respondeu:

– Não me manda Deus apanhar cajus nos matos, mas trabalhar na vindima do Senhor, que é salvar almas.

Leonel pegou de novo a fala do padre e botou na nossa e se foram, ao serviço do Senhor.

Nunca mais vi esse rapaz andar com outros meninos, que eram mais desgarrados e varavam por aqueles brejos atrás de uma fruta, de um mel, de um passarinho. Tinha ficado muito diferente dos outros, os que desobedeciam às regras dos padres, e por isso viviam recebendo chicotadas deles.

Padre João queria sempre Leonel ao pé dele. Fazia todo trabalho que o sacerdote queria e o ajudava a aprender a nossa língua. E Leonel aprendia com ele a língua dos portugueses. Um era professor do outro. O padre sempre trazendo seu caderno de anotar palavras.

Foi assim que Leonel se tornou o Língua, como se dizia naquele tempo. O intérprete. Por causa disso, ele foi chamado em muitas ocasiões para desempenhar esse ofício, em guerras e campanhas. E eu, de tanto ouvir o rapaz fazendo esse exercício de mudança de uma fala na outra, já entendia muita coisa da língua dos estrangeiros.

Eu e as mulheres ficamos olhando os dois até sumirem na curva do caminho. Depois entramos na mata em busca dos cajus, achando um pé aqui, outro acolá, até que enchemos o panacum com muitos deles e voltamos para casa. Estávamos com a pança cheia de tanto que chupamos caju. Quando chegou de tarde deu muito sono e nós três pegamos a dormir.

Quando foi assim pelo fim da tarde, escutamos os passos de alguém entrando. Era o padre João.

– Disseste que ias apanhar caju? – perguntou ele. E eu entendi que ele falava dos cajus. Então eu falei:

– Yacui, pega caju e dá para ele.

Yacui estava ainda deitada na rede, e o padre a olhava de um jeito que parecia um cachorro de estômago vazio. A cesta com os cajus estava lá fora, sobre o jirau. Quando ela se levantou da rede, o corpo todo avultou na pequena cabana e o padre ficou como que menor, e subjugado àquela visão. E de tal modo ficou subjugado, que ele a foi seguindo sem pensar mais nada, ao mesmo tempo em que febrilmente já se livrava da batina, atirando-a ao chão.

Yacui estendeu as mãos cheias de vermelhos cajus e quando ele os ia tomar, desatinou. Saltou para o lado enfurecido, bradando:

— Mas onde estou? Em que armadilha me lançaste? Mereces novamente castigo, pois de novo mordeste a isca do Demônio!

E empurrando-me para pegar a batina no chão:

— Cobre-te! Protege tuas carnes fracas com este inútil hábito! Vamos! Toma e veste, que te punirá Deus inclemente!

Dizendo isso, pegou a chibata de couro retorcido e mal eu me cobri com a batina já recebia as lapadas.

— Atraíste-me aqui, e por mãos pecaminosas desta mulher queres me lançar nas brasas do Inferno!

Lap! Lap! Lap!

— Ó mulher! Ó serva do Demônio!

Dizia assim, invocando Yacui, mas era eu que recebia as chibatadas.

Não sei como nem por quê, chegou na cabana naquele momento o padre Roland e se deparou, para o pior escândalo de sua fé, com aquela cena, que lhe pareceu a imagem completa do Reino das Trevas: as duas mulheres encolhidas a um canto, o padre João, nu, terrível, açoitando-me tresloucado, e eu, de quatro, vestido com o hábito da ordem, punido cruelmente por razões muito confusas, ou passando por uma provação que eu não conseguia entender.

Vi a perturbação no rosto do padre Roland, que ora levando as mãos à cabeça, ora escondendo o rosto, gritava:

— Meu Senhor Jesus Cristo, meu Deus misericordioso, o que se passa aqui?

E já se benzendo, e já exclamando aos céus:

— Padre João! Padre João! Estás doente, miserável de Deus!

Foi então que vi o padre João deixar cair da mão o chicote e lançar-se de joelhos aos pés de Roland:

— Perdoa-me, irmão! Perdoa-me! Perdoa-me!

E caiu em altíssimos prantos. Espantado com tudo aquilo, eu permanecia de pé, ainda com o hábito do padre, e só depois dos gestos nervosos do padre Roland para que eu o tirasse, eu finalmente me livrei dele. Roland tomou-o da minha mão e meteu na cabeça do irmão, que agora dizia uma reza entrecortada de soluços.

Estava tão alquebrado de ânimo o padre João, que Roland teve de suspendê-lo pelos sovacos para pô-lo de pé. Apoiado no irmão Roland que, com os braços o firmava de pé, os dois deixaram a cabana. Yacui correu a pegar uma cuia de cajus para dá-los aos padres, mas eu a retive quando passava por mim, dizendo-lhe:

– Não faça mais isso. Não dê cajus para os padres.

Eu saí pela abertura dos fundos da cabana com muitos pensamentos embaraçados. A caatinga coberta de verde escondia o entrançado dos galhos, que só daí a meses a secura mostraria aos olhos e ao entendimento a natureza de cada pau e a multidão deles que cresce nas planuras e nas serranias.

Assim estava meu entendimento das coisas naquele momento, quando fui para os fundos da cabana. Eu só ia entender o que estava por baixo daquelas sandices dos padres muito depois. Assim como a gente só pode saber quais os galhos que seguram o mundo de folhas da caatinga depois que o sol queima todas elas.

O pior desses sertões da Bahia são essas imensidões solitárias. Naquele aldeamento eram poucas as moradas de palhas, pingadas umas longe das outras. No alto de uma ermida, uma igreja com seus alpendres em volta de suas paredes de paus e barro, e um campanário do lado, cujo sino, ao soar, dava a medida do silêncio em que aquele mundo todo estava mergulhado. Nesses sertões, onde parece que tudo falta, sobra o mundo. Tudo aqui obriga ao amor. Há milênios nosso povo aprendeu isso.

Por tudo isso aquele padre só podia endoidar. Ele queria prender esse nosso mundo aqui, dentro do dele de lá. Mas os sertões invadiram o mundo deles e o botou de pernas para o ar.

Para mais de uma lua depois desse dia, ninguém viu o padre João. Primeiro pensamos que ele tivesse ido para Salvador, mas ninguém viu nenhuma arrumação de viagem, e nem notamos a falta de alguém que pudesse ter ido com ele. Então concluímos que ele estava trancado dentro da casa dos padres.

    Essa casa ficava perto da igreja. Era feita de taipa como a igreja. Tinha um alpendre na frente, que era até onde o povo podia encostar. Tirando uma negra velha que os padres tinham trazido de Salvador, ninguém mais podia entrar na casa, que estava sempre fechada. Lá pra dentro tinha um fogão e uma mesa, que se avistava pela janela. E umas portas que davam para os quartos.

    No fundo da casa, pelo lado de fora, tinha uma cafua onde dormia a negra. Depois é que vinha a roça, com a plantação dos padres, de abóbora, batata, mandioca, inhame. A negra velha também trabalhava na roça. Foi ela quem ensinou os sapoiás a plantar essas lavouras dos padres.

    Quando os padres chegaram na aldeia dos sapoiás, logo chegou um mestre pedreiro de Salvador, que foi quem levantou essa casa com a ajuda dos sapoiás. Ele fez as portas, fez a mesa. Depois voltou para o mar.

    Só o padre Roland saía da casa e entrava. O padre João ficou dias e dias fechado dentro de um dos quartos. Nem pela janela alguém acaso podia enxergá-lo. A rala comida e um pouco d'água lhe eram passadas pra ele por um buraco na parede.

    Vendo que o povo murmurava pelos cantos, desentendendo-se entre si sobre a ausência do irmão, o padre Roland explicou na missa do domingo que o irmão João se encontrava recluso, longe do mundo, cumprindo as penitências que eram necessárias por ter-se afastado do serviço do Senhor e ter aberto as portas de seu corpo para os infernais pecados. Estava agora trancado no quarto para mortificar seu corpo imundo, ficando os dias inteiros de joelhos, e durante as noites dormindo no chão, e de contínuo sangrando as costas aos açoites do relho de couro, e passando à míngua de comida, apenas com duas batatas por dia e uns goles d'água, para manter-se vivo e recordar-se, por longa meditação, do serviço do Senhor, que é o estreito caminho para a salvação de sua alma.

No sábado que antecedeu o quarto domingo, desde que se tinha iniciado a reclusão do padre João, a aldeia toda foi espantada pelo som de uma cantiga nunca ouvida até então. O som vinha de um dos quartos da casa dos padres onde se achava recluso o vigário. Primeiro, um ou outro sapoiá que passava por perto achou estranho aquele canto e parou para ouvir. Depois passava outro e também parou. E assim, de um a um, não demorou muito o grupo se formou e com o passar do tempo foi crescendo até que no fim da tarde a aldeia toda estava reunida em torno da casa. Porque se um se afastava, ia levando a notícia para as cabanas mais distantes, e dessa forma é que todos acabaram por se reunir para ficar ouvindo tão estranha coisa.

Em um momento, padre Roland quis enxotá-los, até aplicando chicotadas em muitos deles, mas não adiantou. Eles levavam na brincadeira, fugiam, para logo depois voltar.

O que o penitente cantava era a oração do Pai-Nosso, e o fazia em concentração em cada uma das partes das palavras, prolongando os seus sons, numa voz sem curvas, até o fim do sopro que vinha dos pulmões.

E assim dizia cantando toda a oração. E ao chegar ao fim começava de novo o mesmo Pai-Nosso, ou o Credo, ou a Ave-Maria e a Santa-Maria, ou a Salve-Rainha, de modo que já era no fim da tarde e ele não tinha parado. Guardava absoluta concentração meditativa, indiferente a qualquer outro desejo ou aos barulhos e até gritarias que vinham de fora pelas falas e exclamações do povo reunido e curioso.

Vendo o padre Roland que do lado de fora de sua casa estava reunida toda a aldeia, ele se dirigiu ao povo em nossa língua, que ele já falava bem, pois havia muito tempo vinha estudando com o padre João.

– Escutem todos, e depois caminhem para suas casas. Padre João está pleno do amor de Cristo ressuscitado. Deus está com ele. Amanhã na missa o verão. E ele estará entre vocês, livre das tentações diabólicas, porque Deus o curou.

Houve nesse momento exclamações de espanto no meio do povo. E o padre continuou:

– Em todos esses dias que ele desapareceu de seus olhos, ele ouviu os gritos dos condenados, ele respirou o fedor do enxofre e das coisas podres, e tocou o fogo que consome as almas.

De novo, soaram as exclamações entre os presentes.

–Ele ouviu os capitães do Inferno que são parentes de seus pajés, e escolheu o capitão do céu, que é o senhor Jesus Cristo. Indiferente às porcarias bestiais que o Demônio reparte entre vocês, ele agora vive em oração. Agora caminhem para suas casas e amanhã na missa o verão e saberão que Deus está com ele.

Amanheceu o dia de domingo, e todos foram à igreja para a missa. Estavam ansiosos, pois esperavam ver Deus, que estava em companhia do padre João, como lhes havia dito no dia anterior o padre Roland.

E vimos Deus? Qual nada! Aquilo foi mais uma das patranhas dos padres que nos contaram.

Vimos, sim, o padre João entrar, mas sozinho. Bem descarnado e sem cor, podia ser enterrado vivo como fazíamos com os velhos, ou os doentes desenganados.

Ele entrou devagar, os olhos fixos no santo do altar, as mãos juntas e os lábios borbulhando uma de suas rezas. Depois de muito tempo ajoelhado, passou a olhar em volta com um ar de mansidão, ora para um, ora para outro. Nos meninos que o vinham cercar, ele passava carinhosamente a mão nas suas cabeças, pegava as mãos de um, juntava-as em prece e mandava-o orar.

Muitos, ainda crédulos, perguntavam-lhe:
– Pai João, Deus não veio?
– Veio, sim, curumim. Ele está no meio de nós.

Alguns dos meninos, mais rápidos, olharam em volta procurando ver alguém. E ficaram rindo.

Foi por esse tempo que apareceu um homem que havia fugido de sua aldeia. Interpelado pelo padre Roland, ele deu uma notícia que assustou todos nós:

– Sou do povo cacherinhem, do aldeamento de Santo Inácio, na Jacobina Velha. Consegui fugir de lá, por isso estou aqui.
– Por que fugiu do aldeamento?
– Um fazendeiro, por nome Garcia, acabou a aldeia.
– Acabou a aldeia?
– Botou fogo na capela, queimou as casas todas.
– Por que queimaram a aldeia?
– Dizem que o lugar é parte desse homem Garcia, que quer tudo para fazer curral de bois. Fazer fazenda.
– E o povo, onde foi parar? O que fizeram com o povo?
– Alguns fugiram, assim como eu. Se espalharam pelos matos.
– E os outros?
– Amarraram os homens e levaram. Vão vender na Vila de Salvador.
– E as mulheres?
– Ouvi um deles dizer que é pra elas se alegrar, que todas iam abastecer o harém dos conquistadores. Na Vila de Salvador também.

– Que mais diziam eles?
– Eles xingam os padres. Dizem que não querem mais ver padre nenhum fazendo aldeamento de gentio nessas terras. Que quem sabe tratar com gentio da terra são eles, os fazendeiros. Que os padres querem fazer dos gentios santos, antes de fazê-los homens.

Padre Roland e padre João ficaram calados ao fim dessas palavras do cacherinhem. Depois de um tempo, padre Roland perguntou:

– Para onde seguiram?
– Disseram que vão aonde tiver aldeia de padre, para destruir todas que encontrarem do sertão das Jacobinas até as terras de Geremoabo, de um lado e outro do Itapicuru.

Ouvindo, isso os dois padres se entreolharam. Se benzeram e se ajoelharam, no que foram seguidos pelo magote de gente que estava perto. Padre João puxou o Pai-Nosso, e todos o acompanharam. Terminada a oração, os padres mandaram todos para suas casas.

Quando amanheceu o dia seguinte, mal raiava o sol, padre João e padre Roland caíram na estrada. Com eles iam Leonel, a negra velha cozinheira e mais três sapoiás flecheiros. Dois deles levavam nas costas grandes panacuns cheios de munição de boca para uns dias de viagem. E o terceiro ia arqueado sob o peso do sino que não mais ia bater naquele curral de cristo.

Seguiram no rumo da rancharia Sapucaia, que era o único caminho naquela época que podia tirar as pessoas daqueles distantes sertões. De Sapucaia, eles seguiriam pelo vale do Rio do Peixe até Coité, depois seguiriam passando por Tambatá e Serrinha, onde havia outra rancharia. Depois de Serrinha, eles iam cruzar Água Fria, depois o riacho de Camaragipe, passar adiante por Subaúma, pra chegar na povoação por nome Aramari, na margem direita do Itapicuru. Em Aramari, descendo pela mão direita do rio, vai-se para Salvador. Mas eles atravessaram o rio e pegaram o caminho da Aldeia de Canabrava, onde estavam reunidos os moritises, da nação cariri.

No mesmo dia que os padres deixaram São Francisco Xavier, os homens do grande sesmeiro Garcia entraram na aldeia. Quando eles chegaram procuraram pelo povo, mas não encontraram ninguém. Os padres tinham ido embora. Vendo-se sozinhos, os sapoiás abandonaram as cabanas e caíram nos matos. Em pequenos grupos ou desgarrados, todos se dispersaram em rumos diferentes. Eu segui com Cipassé, Yacui e os pais dela para o vale do Rio Salitre. Eu queria descer até a barra desse rio, onde eu sabia que podia encontrar Ialna. Se ela ainda estivesse viva. Eu queria levar notícia de Leonel, o filho dela.

A tropa do Garcia entrou na aldeia. Não encontraram ninguém, mas ainda acharam a roça cheia de plantação. Pegaram o que precisavam, depois botaram abaixo a igreja e a casa dos padres e tocaram fogo em tudo.

– Escute esses versos... Está escutando? É só cantar, que você vê chegar do Encante aquele Aleixo.

Escuta... já é ele.

Fui levado pequeno para a casa dos meninos índios na cidade do Salvador. Essa casa dos meninos ficava bem ali onde hoje é a favela Água dos Meninos. Lá cheguei depois que os invasores destruíram as casas de meu povo. Os homens que resistiram eles mataram. Vi morrerem por furo de espadas, ou tiros, ou cacetadas. Deixaram vivas as mulheres, mas só as moças. As velhas eles mataram a tratos de clavina, como gostam de dizer. Juntaram o que puderam de homens, moças, crianças e levaram. Eu era uma dessas crianças.

Na Igreja dos padres me batizaram e me deram este nome de Aleixo. Fiquei conhecido na cidade do Salvador e nos sertões. Na cidade conheci uns negros. De noite eles saíam, sorrateiros, da casa de seus senhores. Junto com eles, roubávamos artigos nos armazéns. Facões, enxadas, panos. Vinham outros e carregavam para os mocambos. Um dia fomos descobertos. Os negros apanharam até não poder mais. Me botaram na cadeia. Depois de uns dias, fui degredado para a cidade do Rio de Janeiro por ordem do governador.

O ordenança me disse que, se eu tornasse a Salvador, perdia a vida. E me botaram com mais outros num barco para o Rio de Janeiro. Mas eu fugi de lá. Atravessei a serra e fui bater nas Minas Novas do Rio das Velhas.

Por todos esses lugares, do Rio de Janeiro até as Minas, eu andei só. Muitos povos me acolheram nas matas por onde eu passei. Esses povos estavam em luta com fazendeiros. Eu guerreei ao lado dos gueréns contra as hordas armadas dos fazendeiros. Outras vezes, embosquei sozinho uns brancos que encontrei, quando eles farejavam pedras nos rios e riachos. Matei alguns e fui perseguido, mas escapei e vim subindo, subindo, até que cheguei de novo no vale do Itapicuru, de onde eu sou.

– Mas nessa época já tinham te esquecido na Bahia?

– Não foi assim, não, Lourenço. Eles ficaram sabendo lá em Salvador que eu estava no Itapicuru. E o governador mandou ordem de prisão.

– E como foi que você conheceu Leonel, filho de Ialna?

– Foi quando mandaram destruir o mocambo de Geremoabo. O governador da horda de assassinos que atacou os negros de Geremoabo se chamava Fernão Carrilho.

– Desse homem se dizia que causou espantosa mortandade entre os índios.

– Sim. É assim que ele era louvado.

– Diz que era homem inquieto tanto no faro de pedras, como na matança do povo. Matou tantos índios que mereceu elogios do próprio rei dos portugueses.

– No Rio Sergipe ele arrasou todos os mocambos.

– Onde ele não venceu foi nos Palmares. Ali ele topou, não deu pra ele.

– Esse homem partia pra matar negro como quem vai almoçar, e tinha gosto de matar tanto os negros tapanhuns, como os índios da terra.

Pra arrasar Geremoabo, ele juntou uma grande tropa de guerreiros. Só de Geru ele tomou emprestado quarenta índios domésticos dos padres da Companhia. Índios matadores de negros.

— Diz que quando acabou a guerra, esses índios de Geru receberam pagamento, mas que dezenove deles tiveram de ir a Salvador para receber os presentes pela matança que fizeram em Geremoabo.

— Assim mesmo, Lourenço. Em Salvador, cada um recebeu ceroulas de pano de linho, uma faca e um pente.

— E Leonel estava no meio desses de Geru?

— Não. Leonel estava em Canabrava, com os padres que vieram para lá, fugidos de São Francisco Xavier, depois que a missão foi arrasada pelos homens do fazendeiro Garcia d'Ávila.

A história toda é esta: Leonel andava com mais três moritises que já tinham mais tempo em Canabrava. Eram três homens fortes, guerreiros sem defeito, caçadores dos melhores. Em pouco tempo, Leonel aprendeu com eles manejar as armas. Se tornou tão bom com o arco quanto esses moritises.

Quando Fernão Carrilho chegou em Canabrava com o regimento na mão, com ordem para tirar os melhores guerreiros pra lutar contra Geremoabo, os padres assinalaram quatro dos seus. Eram os três moritises e mais Leonel.

Essa história eu sei, porque foi o próprio rapaz que me contou depois. Muita coisa nós fizemos juntos depois da destruição do mocambo de Geremoabo. Ficamos companheiros. Eu, ele e o crioulo Gabiroba.

Gabiroba era mocambeiro em Geremoabo. Escravo fugido de engenho na beira do Itapicuru, que pertencia a um senhor de Itaparica. Contra Gabiroba, Leonel e eu íamos lutar na guerra pra destruir o mocambo onde ele vivia. Gabiroba trazia o corpo cheio de marcas e cicatrizes dos castigos que sofrera no engenho. Estava marcado para morrer pelas mãos dos guerreiros do capitão Carrilho, se não aceitasse voltar para o engenho. As mãos que o matariam podiam ser as minhas, ou as de Leonel, se nenhum de nós morresse antes.

Mas o que se deu com Gabiroba e com Leonel, na hora do assalto, foi o impossível. Eu não pude fazer nada. Eu só vi aquilo. Eu estava ferido e mal podia me mexer. E o que se passou entre os dois podia mudar o curso das coisas no país para sempre, não fosse a traição de Leonel, porque outro nome para a escolha que ele fez não há.

Primeiro eu vou dizer como eu me alistei para aquele assalto ao mocambo de Geremoabo.

Eu estava no povoado de Nossa Senhora de Nazaré de Itapicuru, quando chegou a tropa do capitão Fernão Carrilho. Era eu e mais dois companheiros. Esses companheiros eram do povo monguru. Os padres tinham estabelecido missão na aldeia deles, e eles tinham fugido de lá. Eles me disseram que se não tivessem saído de lá eles acabariam matando os padres. Ouvindo isso, eu disse:

– Se vocês ainda quiserem matar os padres, podem contar comigo.

– Está certo – responderam eles.

Cada um de nós tinha acabado de receber um litro de aguardente por três cargas de lenha que tínhamos tirado para a taverneira, uma mulher branca que vivia dando pancadas num velho que vivia com ela e que ela dizia que estava atacado de mal de negra.

Bebíamos deitados na sombra de um juazeiro que ficava do lado da bodega, quando vimos chegar o matador de índio, Fernão Carrilho, à frente de duas companhias de incendiários de mocambos e de aldeias. Uma era de homens da Torre e a outra dos Campos do Rio Real da Praia. Todos carregando espingardas e balas, e vinham uns dez somente para tocar animais com carga de farinha e quatro barris cheios de pólvora e munições. Mais atrás vinha uma companhia de índios jussurus, em cujas feições se via que eles estavam na jornada guiados unicamente pelo ódio aos negros.

Agasalharam os animais debaixo da sombra do pé de juá e eu mais meus companheiros tivemos de levantar do chão por falta de espaço. O capitão chegou pra mim, estufou a barriga pra frente e jogou a cabeça pra trás, olhando de cima pra mim, e depois de muito me olhar assim, disse:

– Se eu não soubesse que o índio Aleixo está no Rio de Janeiro, pra onde foi degredado pelo governador pelas insolências que vinha praticando nessa Capitania, se eu não soubesse disso, eu ia dizer que o inútil, ladrão e insolente Aleixo está bem aqui na minha frente!

– Sou eu não. Vossa Alteza está enganado. Deve ser outro.

– Mas é como se diz, em tempo de guerra até colher de pau pode servir de arma.

– O dito é certo. Vossa Alteza é uma sábia pessoa, se me permite a desfaçatez.

O capitão levantou o chapéu um pouco acima da cabeça com a esquerda e com a direita coçou o crânio.

– Pois eu trago aqui regimento e poder de juntar nessa campanha, tanto brancos como pretos, negros da terra como vocês, e mulatos, e todo o gênero de gente que seja capaz de jornada, para destruir os mocambos de negros fugidos e salteadores em Geremoabo, e onde mais se encontrarem esses seminários de hereges e ateístas.

– E o que é que eu ganho com isso?

– Você ganha é esta espada no bucho, que te varo das tripas até o costado, se continuar a se dirigir a mim com esta sua insolência!

– Com o perdão de Vossa Alteza, mas aqui não tem colher de pau. Somos três guerreiros fortes, prontos pra qualquer assalto. Se me mete a espada no bucho, Vossa Alteza não sabe as armas que está perdendo.

— Já que te pintas de bom guerreiro, deste alistamento não vais fugir. Se matares muitos negros ou índios associados com eles no covil, vais ganhar pagamento como os que foram prometidos aos índios do Geru, que com esta companhia lá também vão lutar.

— É pra matar todos os mocambeiros?

— Não. Só os que resistirem e nos enfrentarem, ou tentar fugir. As peças que se entregarem serão levadas para seus donos.

— Vossa Alteza agora diga o pagamento.

— Ó capitão Gaspar da Cunha, diga aqui os presentes que vão ganhar os guerreiros de Geru, antes que eu traspasse com o aço este bêbado na minha frente.

— Pois não, capitão — disse Gaspar da Cunha — aos índios que nesta companhia vão arrasar os mocambos de Geremoabo, serão distribuídos doze cavadores, doze foices, doze machados, vinte côvados de pano vermelho, duas dúzias de espelhos pequenos, dois maços de velas, quatro milheiros de anzóis e fitas de seda para as mulheres.

— Não me parece de todo mal. Mas vai ficar melhor se eu e os meus companheiros recebermos cada um uma espingarda dessas para lutar.

— Era só o que me faltava. Daqui a pouco já vais querer patente. Pois fica sabendo que vais assaltar com teu arco e tua cachaporra de violeta, ou te mando já para o lugar que te espera na cadeia.

— Pois não, capitão.

Eu sabia que aquele capitão não ia me deixar livre. Se eu me recusasse, era certo que ele me mandava amarrado para a cadeia de Salvador, ou me matava ali mesmo. Então o melhor era me alistar, e deixar pra ele decidir depois se me matava ou mandava preso quando eu não fosse mais útil pra ele.

Por ordem do capitão, a tropa dormiu na estalagem naquela noite. Mal clareou o dia, reuniram os animais que tinham ficado soltos a pastar e refizeram as cargas. No mesmo dia chegamos a Canabrava, onde o capitão Carrilho mostrou ao principal dos índios da Missão Canabrava, chamado Heterê, a carta do governador que ordenava a ele, capitão da aldeia, juntar à tropa do capitão-mor Fernão Carrilho, todos os que fossem capazes de tomar arma para destruir o covil de negros fugidos e rebelados, fazendo mortos ou prisioneiros todos que houvessem no dito mocambo. Conseguido o intento com felicidade, o capitão-mor marcharia com toda gente em direitura à praça de Salvador, para da cadeia dela se restituírem as peças a seus donos, pagos os custos da jornada, na forma que era estilo. Tendo particular cuidado se não desencaminhasse peça ou cria alguma, sob pena de a pagar na cadeia, qualquer que a desencaminhar.

Naquele dia, não havia nenhum padre na Missão de Canabrava. Estavam todos ocupados com a queixa que levaram ao padre reitor em Salvador, com que reclamavam a destruição da aldeia dos boimés, pelo mesmo Fernão Carrilho a mando dos curraleiros, sob pretexto de que destruíam mocambos de negros rebelados. Foi assim que coube a Heterê, sem a presença dos padres, assinalar sozinho os homens que iam assolar o mocambo de Geremoabo. Leonel, o jovem filho de Ialna, foi um dos guerreiros que Heterê assinalou para seguir com ele.

Acampamos aquela noite em Canabrava. Ao romper do dia, toda a tropa, que ficou maior com os guerreiros de Heterê, seguiu o caminho de Geremoabo, nas águas do Rio Vaza-Barris. Pela primeira vez, Leonel vestia as tinturas de guerra. Mas, ao contrário de seus companheiros de aldeia, era o único que ia vestido também de um calção de algodão grosso, que lhe cobria até o meio das canelas. Em volta do pescoço, um pequeno crucifixo escuro, de madeira, pendurado por um cordão de algodão. Às costas levava um carcás de fibra cheio de flechas, preso por uma tira tecida de estreitas fibras de caroá atravessada no peito. Em volta dos olhos, uma tarja preta que se prolongava em ambas as fontes até perder-se sob os cabelos cortados rente ao cimo das orelhas. E todo o corpo movia-se com uma vivacidade que ia além da dos outros, e na primeira oportunidade que o vi falar com os brancos, fiquei espantado com a capacidade dele de se comunicar em português.

Chegamos já no escuro na aldeia Saco dos Morcegos. Aí passamos a noite. O capitão chamou o principal da aldeia e lhe ordenou o fornecimento de todo o mantimento que pudesse para reforçar as provisões que a companhia já levava. Mas nem dizendo que passava recibo, para depois da guerra lhe ser restituído o pagamento, foi possível levar nada. A aldeia não tinha nenhum guardado pra matar a fome de ninguém. Cada dia as famílias ganhavam o de-comer caçando nos matos.

Também ali não foi possível alistar nenhum homem para a expedição. Entre os que havia, nenhum se mostrava capaz de jornada.

De manhã, antes de partir, o capitão-mor reuniu todos os outros capitães para instrução. Eram eles o capitão-do-mato Gaspar da Cunha, e os capitães dos índios, Heterê e Jussuru.

– Capitães, alertem seus homens:

Primeiro: à noite, chegaremos ao covil dos negros. Daqui para diante eu quero ordem. Nenhum grito, nenhum tiro. O inimigo não pode suspeitar de nossa visita.

Segundo: mesmo que atravesse um veado na estrada, não quero tiro. Se quiser pegar a caça, que pegue na carreira, com as unhas.

Terceiro: vamos nos aproximar como a onça que prepara o bote. No escuro, passo leve, farejando sangue, paciente e implacável no momento do assalto.

Quarto: dormiremos ao pé do covil. E o assalto será ao amanhecer, quando os hereges e salteadores ainda estiverem de olhos pregados de sono, enrolados em seus molambos roubados, enleados em suas imundas enxergas.

Depois de dispor essas ordens o capitão-mor Fernão Carrilho voltou-se para cada um de seus oficiais para saber se eles tinham entendido suas ordens:

Capitão-mor – Capitão Gaspar da Cunha, entendido?
Capitão Gaspar da Cunha – Sim, Senhor capitão-mor.
Capitão-mor – Capitão Heterê, entendido?
Capitão Heterê – Matar os negros.
Capitão-mor – Capitão Jussuru, entendido?
Capitão Jussuru – Comer os tapanhuns fugidos.

Com algum espanto após ouvir as palavras de Jussuru, o Capitão-mor voltou as costas para os três, ao mesmo tempo que os olhos voltavam para o céu e as mãos balançavam em prece:

– Que nunca me venha cá ver o rei a qualidade destes súditos! Oh, raios!

Custoso e longo foi o percurso do Saco dos Morcegos até Geremoabo. Mesmo habituado desde que nasci a longas travessias com o meu povo, eu já me sentia cansado. Imaginava que se tivesse de entrar em guerrilha com os negros naquele mesmo dia seria difícil que eu não morresse numa ponta de lança, ou debaixo de porretadas dos negros.

Mas eu pensava também no sofrimento dos negros. Os brancos os moíam de pancadas, prendiam-nos com ferros pelos pés, pelo pescoço, quebravam-lhes os ossos. Trabalhavam pior que os bois nos engenhos e apanhavam, apanhavam até sangrar, sem nenhuma piedade dos donos. Muitos morriam sob o peso do trabalho. Outros amanheciam mortos nas cafuas. Os brancos permitiam aos parentes dos defuntos embrulhá-los em uma rede velha, imunda, para enterrá-los longe. Tudo sob os olhos do feitor, que sempre os vigiava como cão mordendo seus calcanhares.

Mas na calada da noite, no primeiro cochilo dos cães, eles escapavam, fugiam. Morrer na fuga era melhor que morrer todos os dias, sangrando, sob as inumeráveis chicotadas.

Ganhavam as matas, metiam-se longe, onde voltavam a rir, a cantar seus cantos, a descansar o corpo das maldades. Até que um dia vinha lhes buscar, com grande séquito armado, o capitão--mor, e o capitão-do-mato, os homens profissionais das entradas e das matanças. E os capitães dos índios emprestando sua ajuda ao rei com suas flechas e seu conhecimento dos matos em troca de presentes.

Os negros moviam os engenhos dos senhores. Os fazendeiros perdiam seus negros que fugiam para as matas. Eles precisavam dos guerreiros índios para ir buscá-los. Os índios eram o saudável remédio contra os escravos fugidos, assim dizia o governador.

Mas depois seriam os índios também os perseguidos. O perseguidor é que não mudava: era sempre o branco, sedento de terras para seu gado, sedento de metais amarelos, sedento da pólvora do salitre, sedento de negros para o trabalho, sedento de índios para sua defesa, sedento do ventre das mulheres índias para seus haréns, sedento das meninas negras para gerar mais negros. E o índio que recusasse tinha o mesmo destino que o negro tinha: a morte debaixo dos olhos mudos do governador e do padre.

Essas coisas eu ia pensando e elas entravam na minha cabeça e saíam, como o rio que corre escondido por baixo das pedras: está ali e não está. Eu estava indo capturar ou matar negro e eu me lembrava dos povos como o meu, todos muito antigos na terra, que também estavam sendo perseguidos. E uma grande confusão escurecia minhas ideias. Eu não sabia onde estava. Tudo no nosso mundo tinha mudado desde a chegada dos brancos.

As aves que no fim da tarde retornam aos seus pontos de dormida, vindas de lugares distantes onde acharam água ou comida, cruzavam os céus encerrando o dia com os últimos cantos. Outras, as que vão pelo chão, cantavam cantos tristes, esmaecidos, e assim também o dia perdia as cores e fugia.

A tropa aproximava-se de Geremoabo. O barulho surdo dos pés da trôpega e estranha infantaria misturava-se com o das mulas carregadas de mantimentos. Mais vivamente, ouvia-se o tropel dos cavalos do capitão-mor e do capitão-do-mato, únicos que iam montados.

Percebendo já próximo o fim da jornada, a tropa ia devagar. No topo de um outeiro, o capitão fez alto. À frente estendia-se o vale onde o Rio Vaza-Barris ia de cabeça baixa entre morros e morros. Ouviu-se, vindo de muito longe, o latido de um cachorro. Algum devia estar ajudando na captura de alguma caça. Não foi o que pensou o capitão-mor, que disse:

– Aquilo é latido de cachorro que está ajudando a tanger gado. Esses hereges, até gado roubado eles já têm aí.

– Deixa-os comigo, que trago cordas para chegar todos eles ao pé do tronco – completou o capitão-do-mato.

– Dá gosto esfolar esses negros até descobrir os ossos.

Dito isto, o capitão-mor deu nas rédeas do cavalo e ficou de frente para a tropa inteira, e disse:

– O ninho dos ratos está a um latido de cão. Vamos marchar mais um pouco, e quando estivermos a meio latido, vamos parar. Aí vamos dormir. E amanhã, antes que o sol saia, é o assalto.

Recomeçamos então a marcha, vagarosamente. Mas não demorou muito, apagou-se a luz do sol. Turvou-se a mata em volta da tropa. O capitão-mor, alteou a voz:

– Antes que não se consiga enxergar mais nada, vamos acampar debaixo desse grosso pau-d'óleo, onde já é bem limpo.

O capitão-do-mato também deu sua ordem:

– Os animais vão passar a noite amarrados. Amanhã não quero nenhum perdido na hora de levantar acampamento.

O capitão-mor voltou a falar:

– Hoje não tem comida para ninguém. O almoço da tropa será distribuído amanhã de madrugada. Antes do ataque.

A tropa levou um tempo se ajeitando como podia para passar a noite naquele recanto de mato. Cada capitão apartou para um lado os seus homens. O capitão dos índios, Jussuru, aqui. Os guerreiros do capitão de Canabrava, Heterê, ali. Os índios, os mestiços e crioulos do capitão-do-mato Gaspar da Cunha, acolá. Os índios e os soldados brancos do capitão-mor, governador de toda expedição, Fernão Carrilho, no centro. Eu e meus companheiros mongurus ficamos na banda do capitão-do-mato, que era nosso comandante direto.

Quem conhece esse mundo nosso aqui sabe o silêncio que faz nessas caatingas, quando a noite se estabelece inteira. E também sabe o assombro que é, quando, dentro desse silêncio, soltam seus gemidos bichos estranhos em sua estranha vigília.

Mas nenhum desses sons me chamou mais à atenção, quando já toda a tropa se aquietou pelo chão, que um som que vinha de longe, que só à força de concentração podia ser ouvido. O som do batuque que durou até noite alta, vindo do mocambo dos negros.

Eu já conhecia aquela batida desde que vivia em Salvador. Nas matas em volta da cidade, os negros escapavam de noite dos engenhos e das casas e se reuniam para fazer festas, dançar suas danças. Eu gostava dos tambores. Eu ficava com os negros de noite, no batuque, bebendo. A gente fazia os roubos juntos. Vinham os dos mocambos de Itapoan buscar as ferramentas que a gente roubava. Alguns iam com eles e não voltavam mais, até que fossem lá os capitães-do-mato e os recapturavam. Alguns preferiam morrer lutando, mas não voltavam.

O LÍNGUA

Naquela noite era bem diferente. Eu estava indo com um capitão-do-mato, recapturar negros fugidos. Eu também era fugido. Tinham-me expulsado para o Rio de Janeiro e agora estavam atrás de mim, para me jogar numa prisão de Salvador, ou me matar. Eu repetia em pensamento pra mim: eu sou fugido, os negros são fugidos. Só os brancos não eram fugidos. Eu repetia sem entender.

Meu povo também fazia festas. Todo mundo gostava. Acabaram com nossas festas e eu agora ia acabar com a festa dos negros no mocambo de Geremoabo. Ia silenciar o batuque deles, que eles gostavam de fazer, apartados de todo mundo, longe dos brancos. Eu não sabia se era aquilo que eu devia fazer.

Olhei em volta para aqueles grupos de guerreiros que, como eu, iam destruir o mocambo dos negros. Acabar sua festa. Muitos daqueles guerreiros também eram índios como eu. Eram gente da terra como eu. Eles também eram fugidos de seu povo, apartados dele pelos brancos e iam ali para perseguir os negros que tinham sido afastados de seu povo. Os brancos nos queriam para perseguir os negros. Mas eles também nos perseguiam e muitos dos nossos povos se aliavam a eles e vinham destruir aldeias. Os brancos estavam sempre do mesmo lado. O lado do rei, que era o mesmo do governador e o mesmo dos padres e o mesmo dos fazendeiros. Os índios e os negros é que nunca se firmavam. Cada hora estavam de um lado.

Eu queria saber se todos estavam dormindo ou se algum estava acordado como eu, em silêncio, pensando aquelas coisas que eu pensava. Do lado onde estava acomodada a tropa de Heterê, notei que um homem estava de pé. Mesmo coberto pela sombra da noite, reconheci pelo calção que vestia que era o filho de Ialna. Talvez estivesse pensando as mesmas coisas que eu. Não pude saber. E só dormi quando o batuque ao longe parou.

De madrugada começou a movimentação com a tropa que acordava e com a reposição das cangalhas e das cargas sobre os animais. Os homens receberam um quebra-jejum de rapadura e farinha, e o capitão-mor disse que comêssemos depressa, e os que se entalassem com a farinha seca, iriam encontrar água dali a pouco no riacho que perto iríamos atravessar, mas que era pra ninguém empatar tempo com comida.

Com os primeiros raios de sol, chegamos ao pé do mocambo. As tropas se dividiram tomando posição para um ataque em círculo, deixando as cabanas do mocambo no meio. Quando começamos a fechar o cerco em torno do mocambo, os cachorros magros dos negros sentiram e começaram a latir todos ao mesmo tempo. E em pouco tempo seus latidos se confundiram com gritos e vozes de todo tipo de pessoa humana. Os de criança, os de mulher, os de homem, os de velho e de velha, os de guerra e os de medo, os de choro e os de coragem, e gritos de pavor e gritos de valentia e raiva.

E foi assim que começou o assalto. Uma grande confusão, com os negros lançando-se em luta corporal, ou atirando seus dardos, e com índios aliados que viviam no mocambo entrando na guerra, vergando seus arcos, soltando suas flechas contra o inimigo, que respondia com ataque mais poderoso.

Aqui e acolá uma pequena nuvem de fumaça seguia-se ao estampido da pólvora de uma espingarda ou de um tiro de mosquete. O infeliz levando as mãos ao peito atingido olhava os buracos por onde derramava a vida dolorosa enfim. Outros, lançados ao chão por três ou quatro inimigos, entregavam-se às cordas que de novo traziam para lhes tolher a liberdade. Mulheres lançavam-se ao chão sobre os cadáveres dos seus. Outras, tresloucadas, com filhos pequenos às costas, lançavam-se em fuga para o interior do mato.

Enganaram-se os assaltantes quando pensaram que as cabanas do mocambo estivessem reunidas em um só ponto. Outras havia espalhadas próximo, e a guerrilha por vezes travou-se com os negros vindos por trás da tropa. De forma que foi pela retaguarda que eu fui atingido.

Eis o que aconteceu comigo:

A luta não se travava no limpo, travava-se no mato. Eu estava com o espírito tão pouco resoluto, que me animava mais a me defender que atacar. As flechas que eu tinha lancei todas, e até onde pude ver a trajetória delas, concluí que todas foram desperdiçadas. Restou-me como arma uma clava. Era uma cachaporra que eu trazia às costas, pendurada no pescoço por um cordão. Tirei-a do pescoço justamente na hora que um negro saltava sobre mim com um golpe de lança. Eu consegui desviá-la de minha barriga com a clava, mas o negro revidou com outra lançada que me atingiu a perna, atirando-me no chão. Felizmente, quando o negro levantava novamente a lança para despejá-la no meu peito, foi o dele que recebeu um balaço de mosquete que não sei de onde partiu.

Foi graças ao ferimento na perna, que me deixou imobilizado, que pude assistir por inteiro o mais notável, o desusado acontecimento, aquele que marcou o sentido de todas as outras guerras que enfrentei daquele dia em diante.

Eu me arrastei puxando minha perna ferida para dentro de uma moita onde eu pensei me esconder até que tudo acabasse. Nessa hora vi um negro surgir, esgueirando-se por trás dos troncos, armado apenas de uma pequena lança, e logo a seguir um índio da tropa dos jussurus, com um belo arco esticado, pronto para soltar a seta. A distância entre os dois era pequena, o índio não podia errar. Então o negro saiu de trás da árvore, e de peito aberto, cresceu para cima do índio, que mirou o peito do inimigo. Mas antes que a flecha partisse, outra lhe varou o pescoço. Seus dedos afrouxaram com o impacto súbito, sua flecha partiu a esmo e fraca, e o índio caiu miseravelmente, levando as mãos à taquara com seta de osso de peixe que lhe trespassara o pescoço.

Olhei rapidamente para o lado de onde partira a flecha e dei com os olhos em cima de Leonel. Ele atingira o índio, salvando o negro.

Eu só pude entender essa atitude de Leonel, que o negro que ele acabara de salvar a vida entendeu muito mais rápido do que eu, quando vi o que se deu no minuto seguinte. E foi que, outro negro do mocambo, como se surgisse do nada, saltou sobre Leonel. Estava armado de uma espingarda inútil, porque não tinha carga. Mas trazia no cano fixada uma baioneta, e foi com ela que o negro, com extrema agilidade, lutou com Leonel, que sem tempo para armar seu arco, só cuidou de se esgueirar das baionetadas. Saltava de um lado para o outro, ou para cima, quando os golpes vinham por baixo. Mas naquela terra de tantos acidentes, um tropeço levou-o ao chão. Ao cair, pode ainda conter um golpe, segurando, com uma das mãos, a baioneta mortífera. Mas era sem futuro esse recurso. E o negro já ia lhe plantar o ferro no peito. Mas antes que o fizesse, imenso esporão tirou-lhe repentinamente as forças. Caiu esbugalhando os olhos para seu companheiro que lhe cravou a lança nas costas. Era o negro que havia pouco fora salvo por Leonel.

Leonel se levanta. Os dois se encaram frente a frente. Olham-se nos olhos. Parece que um só pensamento os une. A mesma luz que atravessa a copa das árvores atinge os dois. Cada um sacrificou um dos seus, e os dois que lutavam em lados diferentes, agora, pelo sacrifício dos irmãos, estão do mesmo lado. Punem nos irmãos que sacrificaram o erro de dois povos. Batem os pés no chão, as mãos se espalmam. Enlaçam-se pelos ombros e já se soltam e começam a dançar. Os paços de guerra de cada um de seus povos ensaiam. E erguendo um a lança, e o outro, o arco, o inimigo comum os dois ameaçam.

Terminada a dança, os dois se sentam no chão. Já camaradas, comparam seus ferimentos, conversam por gestos, trocam palavras de suas línguas e se entendem também na língua dos brancos.

Subitamente, entram em alerta, correm os olhos pelas falhas da mata, auscultam os barulhos da guerrilha. Foi nesse momento que eu acusei minha presença, mexendo nos galhos da moita onde eu estava escondido e me arrastando tentei me levantar. Os dois se aproximaram cautelosos. Então eu falei:

– Guerreiro, Leonel, do capitão Heterê. Eu sou Aleixo, do bando de Gaspar da Cunha, que os negros o tenham matado.

– Sei muito bem quem você é – respondeu Leonel – e acrescentou – Se você quer tanto assim a morte do capitão dos fazendeiros, é nosso amigo.

– É bom saber que você me tem como amigo. Porque acabo de ver você matar até quem estava do seu lado.

– Meu lado agora é outro. Já sei quem é meu inimigo. Foi aqui neste lugar que descobri – disse ele.

– Desde ontem à noite, eu estava na entrada do entendimento, e você e seu amigo aí, me empurraram pra dentro. Agora eu também sei quem é o inimigo. A dança de vocês eu vi. E se isso aqui é um pacto, eu também quero entrar.

Nesse ponto, o negro, que até então só ouvia, falou:

– Eu sou Gabiroba do povo de além-mar. Sou perseguido pelos brancos. Desse povo malvado estamos fugindo. Queremos encontrar vocês na alegria das matas e nos fortalecer no sofrimento.

Então eu falei:

– Eu estou aqui com esse ferimento. Cuidava que não pudesse andar. Mas depois de ver a sagrada união de vocês, até já cobrei alento. Só não estou pronto para lutar. Mas pra fugir daqui é pra já esse momento.

Dizendo isso, ficamos em silêncio. Os rumores da luta tinham cessado. Apenas um que outro grito, ou choro, ou lamento de criança ou de mulher. Leonel e Gabiroba subiram numa árvore e do alto avistaram o terreiro do mocambo onde se movimentavam os homens da tropa. Viram cadáveres espalhados e, no centro, cercados por uma tropa, uma quantidade de prisioneiros sentados, encadeados uns nos outros por cordas que os prendiam pelas pernas, pelos pescoços.

Leonel disse:

– Vamos embora daqui antes deles. Vamos voltar para o Itapicuru.

Achamos o caminho de volta e fomos passar o resto do dia na beira do Vaza-Barris. No fim da tarde, subimos até uma boa altura da Serra da Barriguda e o vale do rio se ofereceu à nossa visão. Lá adiante, onde ficava o mocambo de Geremoabo, uma grossa fumaça subia. Eram as cabanas de palha dos negros e suas roças de mantimentos, que ardiam sob o fogo que lhe ateara o capitão-mor Fernão Carrilho, de Sergipe, célebre matador de índios e cão rastreador de escravos fugidos de seus senhores.

O RIO VAZA-BARRIS FAZ uma volta e passa no pé da Serra da Barriguda. Foi ali que dormimos a primeira noite depois que largamos a companhia de guerra de Fernão Carrilho que atacou o mocambo de Geremoabo. Ainda de tarde matamos uns peixes pra comer. Havia uns lugares de água mansa onde os peixes gostavam de ficar. Quando a gente parava dentro, uma multidão de piabas vinha beliscar as nossas pernas. A gente metia as mãos e jogava a água para fora e assim conseguíamos jogar no seco algumas piabinhas. Logo abaixo formava uma corredeira rasa entre pedras. Nós espantávamos os peixes das locas nas beiradas e eles saíam pelas corredeiras onde alcançávamos os maiores com cacetadas.

– Vamos abrir os peixes. Amanhã a gente bota pra assar no sol, em cima das pedras.

Gabiroba disse:

– Essas piabinhas, dá pra comer agora.

– Eu nunca comi peixe assim cru – disse Leonel.

– Lá em Salvador eu comia era muito – disse Gabiroba.

Eu estava com fome. Comi também. Depois escureceu e logo nós dormimos na areia por entre as pedras. A noite toda o rio passou fazendo aquele barulho na corredeira.

Antes de dormir, eu fiquei lembrando que o são-paulista Baião Parente andava guerreando com sua tropa desde os sertões das Jacobinas, nas cabeceiras do Rio Itapicuru-açu, até o Rio Real em Sergipe del-Rei. Eles iam de um lado para o outro, atrás dos povos que viviam naquelas extensas lonjuras. Ora atravessavam pelo meio do comprido chavascal catinguento e das terras secas dos macambirais de Geremoabo, que ladeavam a banda esquerda do Rio Itapicuru. Ora desciam abaixo do Rio Itapicuru e iam dizimar as tribos do Rio Inhambupe e do Subaúma, já chegando nas serras encostadas no Recôncavo da Bahia. Eles guerreavam porque era para limpar os sertões, matando e retirando deles os povos que viviam lá. Assim eles diziam. Eles queriam as matas para botar nelas as fazendas de bois.

De vez em quando o são-paulista e seu bando desciam com levas de prisioneiros pra vender em Salvador. De Salvador ele voltava com novas cartas de permissão de entrada nos sertões para caçar o povo boimé, que levava sua vida nas matas junto com suas roças, e também caçar o povo monguru, que vivia nas beiras de rio com seus peixes, e prender o povo cariri, que vivia nas matas com suas caças e frutas, e matar o povo caimbé, que vivia com suas abelhas e com seu mel, e matar também o povo moritise, que vivia nas suas aldeias com suas festas e suas lutas, e matar os espíritos todos que andavam aos milhares nos matos, nas águas dos rios e das lagoas e até no céu e no meio das estrelas. Os espíritos que andavam de noite, visitando os lugares, que entravam nos sonhos de quem dormia. Eles queriam acabar com tudo. Eles matavam tudo. Era para matar os tapuias e deixar limpo o sertão.

Quando eu já estava entrando no sono, eu disse comigo mesmo "qualquer hora dessas é com nós que ele vai topar, e aí a gente vê o que se vai fazer". Acho que não pensei mais nada.

De manhã, nós acordamos com um barulho enorme de um bando de araras, dessas azuis, cantando nas paredes da serra onde elas tinham seus ninhos. E mal nos levantamos, avistamos bem ali pertinho de nós uma suçuarana em cima de uma pedra. Pareceu que ela estivera ali o tempo todo, sem saber se pulava em cima de um de nós ou se carregava os peixes que tínhamos deixado na outra pedra pra secar.

Leonel falou sussurrando:

– Vamos cercar e pegar. Vai um por esse lado e o outro por ali. Depois eu ataco de frente.

Mas assim que nos mexemos, ela resolveu ir-se embora. Com seu pisar macio, silencioso e calmo sobre as pedras, ela se foi e sumiu na mata.

Começamos a andar pelo mato em volta enquanto um de nós sempre ficava por perto dos peixes que iam nos alimentar mais tarde. O sol saiu e com pouco tempo já estava bem quente. Leonel mergulhou no rio e ficou brincando na água. Eu achei uma moita de alecrim, tirei umas folhas, moí batendo com uma pedra, depois amarrei um bolo delas no ferimento de minha perna com palha de buriti.

Leonel sumiu no mato. Depois de um tempo, ele apareceu com uma lasca de aroeira seca. Ele disse que ia tirar dela uns pedaços para fazer varetas de fazer fogo. Disse que ia fazê-las bem-feitas com a baioneta que quase o matara. Ele passou o dia inteiro nesse serviço, mas quando terminou, as peças estavam muito boas. Acendemos o primeiro fogo, cada um ajudando um pouco, sempre que o outro se cansava naquele trabalho custoso de rolar uma peça contra a outra até sair a faísca. O sol quente ajudou, e as palhas secas já estavam em tempo de pegar fogo. Qualquer faísca já acendia. Cada um gostava de ajudar o outro naquela hora. A gente fazia brincando. Tudo a gente fazia juntos, cooperando e brincando e rindo. A gente descobria jeito de pegar peixe, de pegar preá e mocó. A baioneta ajudava muito na hora de cortar.

Tínhamos a espingarda do negro que tinha atacado Leonel, mas de nada servia, porque não tinha chumbo nem pólvora. Leonel trazia o seu arco, mas precisou trabalhar muito para arranjar madeira boa pra fazer flechas.

A gente caía na água e brincava. Leonel e Gabiroba pegavam luta um com o outro na areia até ficar cansados.

Uma noite nós estávamos na beira do fogo, os três ainda acordados. Nisso, nós vimos, bem assim perto, na fronteira do clarão do fogo com o escuro, quem? – a suçuarana, parada, olhando pra nós. Olhou, olhou. O rabo estirado, dando umas voltas na ponta. Depois se afastou, sumiu no escuro. Daí a pouco, escutamos, lá longe, o esturro dela. Três vezes.

Gabiroba disse:

– Essa onça quer comer um de nós.

– Ela quer comer é você. Que ela tá achando que a carne é diferente, porque ela nunca viu homem preto – falei.

– Ela está é passeando. Gosta de andar de noite. Vendo se cada coisa está no seu lugar.

Então Gabiroba achou que devia mudar de assunto:

– A gente podia era ir-se embora daqui. Procurar gente.

– Vamos – respondi.

– Do outro lado da serra pode ser que tenha algum mocambo de negros – disse Gabiroba.

– Ou alguma aldeia. Não é pra esse lado que tem um lugar que chamam Canabrava? – perguntei.

– Não. Canabrava é mais pra esse lado de cá, pra onde o sol entra – respondeu Leonel.

Quando nós deixamos a beira do Vaza-Barris, no bico da Serra da Barriguda que olha para o norte, minha perna já estava quase boa. Além de alecrim, eu também achei uma touceira de babosa, que ajudou muito a fechar a ferida.

Saímos de lá rodeando a serra pelo lado que olha no rumo do mar. Tem ali um riacho chamado das Barreiras, que nasce num boqueirão e corre apertado pelos dois lados dessa Serra da Barriguda e vai despejar no Vaza-Barris lá adiante. Bem antes de chegar nesse riacho, percebemos, pelos sinais no mato, que por ali andava gente. Achamos uns caminhos por aqui, por ali e pensamos: "é mocambo". Mais adiante, Gabiroba observou:

– Aqui era uma roça. Faziam plantação.

– Não vejo rastros de agora, moravam aqui, mas já foram embora.

Andamos mais um pedaço de caminho e chegamos ao pátio onde eram as casas. Restavam apenas alguns tocos queimados de forquilhas que anteriormente sustentavam os tetos das choupanas. E quando entramos no terreiro limpo, onde o abandono se mostrava nos rebrotos de raízes, nós nos vimos cercados de ossadas humanas. Uns crânios maiores, devendo ser dos homens, outros menores e ainda uns bem pequenos, de crianças. Espalhados, formavam coleções de esqueletos desconjuntados, a indicar que ao morrer tinham sido devorados por feras e urubus.

Entramos e saímos pelas ruínas das cabanas. Jogados por toda a parte, e quebrados, achamos quantidade de utensílios de barro, de madeira. Restos de panelas de barro cozido, de ralos e raspadores, abanos, cabaças, balaios de cipó, urupemas e tapitis.

Nesse momento, um bando de almas-de-gato fez uma revoada nas árvores próximas, varando uma copa e outra com suas longas penas no rabo. Deslizaram de um galho a outro como se fossem macacos e sumiram. Mas antes, uma e outra dessas aves lascou um canto de pavor, que fez mais angustiante ainda a solidão daquela hora entre os mortos e os vivos.

– Vamos – disse Leonel.

Seguimos margeando o Riacho das Barreiras entre as duas encostas da Barriguda. Enquanto andávamos, a maior parte do dia o sol batia nas nossas costas, por isso eu sabia que mais cedo ou mais tarde íamos sair na margem esquerda do Itapicuru.

Gabiroba disse:

– Seguindo por aqui, logo vamos bater no Riacho de Massacará. Ele fica depois deste estreito, lá do outro lado da serra. A barra dele é no Itapicuru.

– Como é que você sabe?

– Eu sei. Por aí tudo eu andei com companheiro do mocambo de Geremoabo. A gente vinha libertar escravos nas fazendas que tem lá.

Estávamos nessa conversa, quando escutamos quebrar mato de um lado, e ficamos sem saber que criatura que era. Firmamos os ouvidos pra escutar.

– Pelas pisadas, animal de quatro pés não é – disse Leonel.

– Bicho pequeno também não – disse Gabiroba.

Paramos. O barulho das passadas, quebrando garranchos e folhas secas, vinha vindo em nossa direção. Daí a pouco surgiu um homem. Estacou quando nos viu, balançando o corpo, assustado. Nós fizemos gestos de paz, mostrando as mãos desarmadas. Assim demoramos parados, ele de lá e nós de cá, entreolhando. Até que Leonel começou a falar com ele. Ele respondeu e eu no início não entendi nada.

Então Leonel disse pra nós:

– É gente aparentado com a nação cariri. Ele fala na língua *dzubukuá*.

Fizemos gestos de aproximação, que viesse até nós, que estávamos sós e sentamos no chão. Ficamos assim sentados um tempão, até que ele resolveu se aproximar, e quando chegou bem perto de nós, Leonel fez gesto que ele também se sentasse e ele consentiu.

Então contamos a ele de onde vínhamos e como tínhamos desertado do troço de Fernão Carrilho.

— Diz agora quem é você, e pra onde vai — assim falou Leonel.
— Sou do povo tamaquim, da Serra do Quijingue. Eu bebia no Riacho Varginha do Quijingue. Meu nome é Puveyo. Primeiro vieram o bando do fazendeiro João Peixoto Viegas. Quatro vezes os dedos das mãos era o tanto de seus homens de arma. Deram em cima de nossa casa, fazendo em nós grandes feridas. Uns eles amarraram e levaram, outros mataram. Só não me levaram nem mataram porque eu fugi. Assim fugindo muitos outros também se salvaram.
— Até agora você está de fugida?
— Não. Depois da invasão, quando acalmou, os que fugiram como eu voltamos. De toda idade de gente tinha um pouco. Homem e mulher, velho e menino. Levantamos de novo nossas casas, aproveitamos o que dava pra aproveitar. Depois é que vieram os padres.
— Os padres levaram vocês para o curral de cristo? — perguntei.
— Levaram. Eu não queria ir. Mas o povo quis. Eles tinham medo dos fazendeiros voltarem. Então eu fui também.
— Eu tenho vontade de matar esses padres todos — eu falei e cuspi para o lado, mas não saiu cuspe nenhum, porque eu já estava seco de tanta sede que sentia.
— Eu não matei, porque não achei quem me ajudasse. E também o povo lá no aldeamento anda muito debaixo das regras deles. É um esquecimento só.
— Eu sei como é — interveio Leonel.
— Eles contam umas histórias. Não é nada do que o povo pensava. Eles é quem sabem o começo do mundo e o fim do mundo. Nem Monan nem Varakidran. O Pai é outro, dizem. Chamam de Deus, Jesus. Chamam também de Sua Alteza, o Rei. Não sei. Tem uma escada muito comprida, para o céu. Tem outra que é pra baixo, no meio da terra. Lugar cheio de brasa, para onde vamos se

não fizer como eles querem. Um fogo sem fim. Ninguém sai de lá. Essas histórias. Tudo isso que nem Varakidran, nem Monan falam. Eles querem também que o nosso povo vá guerrear com povo que nunca guerreou contra a gente. Eu não queria lutar contra povo do outro lado da serra, os ocrens. Eu não tinha raiva deles. Mas os padres me mandavam ir com o capitão do fazendeiro pra guerrear contra os ocrens. Se eles me mandassem guerrear contra os fazendeiros brancos eu ia, mas eles não mandam. Fazendeiro é quem faz mal ao nosso povo.

– Pra onde você tá indo? – perguntou Leonel.

– Não sei.

– Vem seguir com a gente?

– Pra onde vocês estão indo?

– Para o Itapicuru. Diz que lá tem muito peixe.

– Vou não – disse Puveyo.

Depois de um tempo em que ficamos todos calados, o tamaquim tornou a falar:

– Vou para onde eu não achar nem curraleiro, nem padre. Vou para a Terra sem Mal.

– Para que lado fica? – perguntei.

– Não sei. Vou andando por essas matas e rios e serras até achar. Não vou parar. Até morrer. De morte, ou matado.

– Por aí por onde você veio, você passou o Riacho Massacará? – Perguntou Leonel.

– Passei.

– Tá longe?

– Tá longe nada! Tá bem pertinho. Não é nem um dia de caminhada. Você vai indo por aqui até o fundo do boqueirão. Lá a serra levanta uma parede estreita. Você sobe. Do lado de lá é o vale do Massacará.

Ficamos ainda um tempo ali parados, um diante dos outros, sem dizer nada. Depois o tamaquim falou:
— E vocês, como é que chamam uns os outros?
— Eu sou Aleixo, do povo cariri. Este é Gabiroba, tapanhum de além-mar, e este outro é Leonel, do povo anaió.

Depois de escutar os nomes, Puveyo voltou os olhos para Gabiroba, como se estivesse vendo alguma coisa diferente, e disse como se falasse consigo mesmo:
— A qualidade desse é diferente.
Fazia tempo que eu não ria, mas nessa hora eu ri.
E tirando os olhos de Gabiroba, Puveyo disse suas últimas palavras:
— Está acabado. Eu agora vou virar as costas pra vocês.
E se foi e sumiu na mata densa.

Seguimos acompanhando o Riacho das Barreiras, que descia mais barulhento conforme a garganta da serra ia estreitando. Deixamos suas águas no pé da serra onde ele nascia e subimos. E, como tinha falado o tamaquim, descemos para o vale do Massacará, esse riacho muito manso e de águas muito claras, que corria no fundo de outro boqueirão da mesma Serra da Barriguda. Era no fim do dia. Bebemos de sua água e aproveitamos uma pequena praia de areia branca e fofa pra descansar e passar a noite.

Logo escureceu e dormimos com fome, porque não tivemos tempo para procurar nada pra botar na barriga. Eu dormi e sonhei que estava comendo bruto. No meu sonho, eu achava uns pés desse fruto, carregados com muitos deles bem maduros e cheirosos e tão grandes que tinham quase o tamanho de uma jaca. Mas eu comia, comia e minha fome não passava.

No outro dia, a primeira coisa que Leonel falou foi:
— Aqui por perto tem bruto, porque essa noite eu senti o cheiro deles.

Os três, com muita disposição, começamos a procurar os frutos cheirosos e logo demos com alguns pés, e sem dificuldade os colhemos, porque são plantas que não crescem muito e os frutos chegam a tocar no chão. Havia muitas cascas já limpas de suas polpas e isso era sinal de que por ali andavam roedores e outros animais se alimentando dos brutos.

Gabiroba disse:

– Isso é preá e cutia e tatu. Olha como está cheio de rastros.

Bicho que pisa macio é cutia. Mas naquele momento escutamos foi um barulho de um animal que devia ser bem maior que elas. Ficamos subitamente em silêncio. Então vimos que o barulho era alto, não por ser de animal grande, mas porque era um bando de cutia que vinha disputar a primeira alimentação do dia, saltando umas sobre as outras, como se todas estivessem em grande festejo. Suspenderam a algazarra quando nos viram, mas como nada temessem, passaram a comer os deliciosos brutos e a arrastar de um lado para outro os bagos e as bandas dos deliciosos frutos.

Nós também comemos à vontade, já de olho em outras frutas que fomos descobrindo, como foram os pés de babaçu com muitos cachos, e marmeleiros com muitos marmelos já pretos de maduros, e maracujás verdes e doces, pendentes das ramas enfeitadas de flores roxas que o padre um dia me explicou que aquele era o fruto proibido do Éden, e se chamava fruto-da-paixão.

Alegres com as descobertas e fartos os apetites, voltamos para a beira do riacho. Mas vejam vocês: o que nos aconteceu naquele momento, até hoje, é o que mais gosto de lembrar. Tanto tempo se passou, mas ainda agora, quando penso, não deixo de me emocionar.

Aqui suspendo tudo o que na vida o ouvido atento entristece. Quem desta vida vai levar saudade, agora escute o que vou contar.

Ainda não avistávamos a corrente do Massacará, nem ouvíamos o murmúrio de seu ímpeto contra galhos secos, que é costume no leito dos rios encalhar, quando ouvimos vozes femininas, das águas subindo, ai de nós! Quase nos põem a chorar. É que nas solidões pavorosas desses ermos sertões, no perigo das emboscadas e perseguições, nada mais anima e dá segurança ao homem perdido que uma tênue voz de mulher.

Mas lembramos logo no cuidado que devíamos tomar, pois não sabíamos se era morada de algum povo e que guerreiros a guardavam. Por mais que desejássemos ouvir ruídos, receber sinais de alguma casa, de criança, um latido de cachorro, de vida ali estabelecida, o que conseguíamos distinguir eram umas vozes baixas de mulheres que pareciam se entreter com algum trabalho leve, ou com brincadeiras, ou com jogos distraídas.

Resolvemos então nos aproximar cuidadosamente por entre as moitas buscando com olhos curiosos avistar a estranha aparição.

Nada tendo que nos detivesse os passos, finalmente nos mostramos na praia do riacho. Eram sete mulheres de porte desigual, mas igualadas na saúde e novidade de seus corpos nus. Arrancamos delas um grito de susto que não puderam evitar e sem mais esperar atiraram-se todas juntas na corrente do riozinho, tão emboladas e confusas que só ao sair do outro lado, contando uma a uma, pudemos o número delas saber ao certo.

Onde estávamos parados, assim ficamos, a olhar pra elas, vendo-as atravessar a margem de areia do outro lado e entrarem nos matos, fugindo, enquanto viravam os rostos e lançavam para nós fugazes olhares.

Sentamo-nos no chão um ao lado do outro, em silêncio, olhando para a outra margem, para os pontos do mato, onde elas entraram e desapareceram.

– Vou entrar na água – disse Gabiroba.

Entramos todos na água. Ficamos mergulhando e brincando de lutar até ficar cansados. Do outro lado mexiam as folhas de umas moitas. Pensamos ter visto vultos por trás delas, a nos olhar.

– Vamos tirar palhas e fazer choça pra entrar nela e dormir quando chegar a noite – disse Leonel.

Então saímos da água correndo, com uma disposição que nunca tínhamos experimentado, desde que começamos nossa jornada. Juntamos um monte de palha de babaçu e saímos procurar paus de forquilha e cipó. No fim da tarde nossa casa estava pronta. Gabiroba prendeu sob os joelhos a prancha e começou a rolar a vareta pra acender o fogo. Rolava com muita destreza e muita animação. E quando a eterna sombra que tudo cobre chegou, o fogo já estava aceso.

Bem nessa hora, Leonel, que estivera esperando escondido perto dos pés de bruto pela volta das cutias que comem no fim do dia, chegou trazendo uma que flechara. Com a baioneta, foi fácil tirar o couro da caça, que logo foi espetada e moqueada e com alegria de famintos trituramos nos dentes como convinha.

Nessa segunda noite dormi com a barriga cheia e não sonhei que comia brutos. Mas antes me revirei a noite quase toda sonhando que tomava banho acompanhado de tantas mulheres que não conseguia contar todas.

Quando amanheceu, cada ave, e eram tantas e diferentes que nas terras do Massacará havia, cada uma delas achou que devia mostrar o seu canto. Do alto da Barriguda, descia uma multidão de araras, papagaios e maracanãs, desenhando no céu um rendado caprichoso, ou emparelhadas formando esquadrilhas no ar, parecendo aquelas flotilhas de aviões que todo mês de setembro sobrevoam a vila de Brasília. Só que, as que desciam da Barriguda pra comer frutas no vale do Massacará todo dia de manhã eram em número superiormente maior do que esses aviõezinhos bestas.

Olha, eu vou dizer, quando eu lembro a quantidade desses pássaros naquele tempo é o mesmo que eu olhar pra quantidade de estrelas que brilham neste céu daqui quando é de noite.

Pois quando amanheceu acordamos junto com todos os barulhos desses viventes. E a primeira coisa que fizemos foi sair por ali catando fruta pra comer. Nesse dia, demos com um pote dessa abelha jataí, no tronco de uma imburana velha. Com a baioneta fizemos um buraco no tronco e foi o que bastou para que o mel escorresse das douradas cachopas. Comemos sem que as abelhas nos incomodassem.

– Já estou farto – disse Leonel – vamos andar, ver o que achamos mais.

Chegamos aonde tinha uma quantidade de árvores que produziam um cacho de umas frutinhas. Eu e Leonel ficamos a buscar alguma coisa no chão. Então Gabiroba perguntou:

– Esse pau, o que é?

– É jurubeba – disse Leonel – e veado gosta muito de comer as frutinhas dele quando caem. Estou procurando os rastros deles.

– Aqui! – eu disse – aqui tem rastro deles. Eles estão comendo, e são muitos.

– Sol entrando, eles voltam pra comer – disse Leonel – eu vou esperar eles aqui. Vamos fazer moquém de veado hoje. Vocês dois juntam muita lenha e ficam fazendo o fogo. Eu venho só e mato um.

Assim combinados, voltamos para a beira do rio. O sol já ia alto, a quentura subia. As árvores ofereciam sombra para quem quisesse aproveitar. A maioria dos pássaros e de outros viventes se aquietavam, refugiados pelas sombras que mais gostavam. Só as rolinhas fogo-apagou, à longa distância umas das outras, eram constantes no seu canto sob a canícula do meio dia. E de espaço a espaço, se ouvia, amedrontador, o grito da ave alma-de-gato, rabilonga, comedora de insetos.

Quando mais nos aproximamos do rio, aonde a gente ia buscando a frescura das águas, ouvimos novamente os doces rumores das mesmas vozes da véspera. Eram elas, com suas gritarias brincalhonas a se banhar. As sete moças.

Com menos cuidado nos apresentamos do lado de cá. Elas nos viram, mas desta vez pareceram não se assustar. E nem demos razão para isto, pois calmamente buscamos uma sombra na margem, e mergulhamos os pés na corrente, e matamos a sede, e nos sentamos assim. Longo pedaço dessa tarde, passamos ali ao som melodioso das moças. Ora passeando os pés pelas águas, ora cochilando deitados sob a sombra da árvore, cujos galhos pendiam para baixo como se quisessem tocar a fresca água que passava.

Do outro lado, as meninas brincavam despreocupadas. Entravam e saíam da água, perseguiam umas às outras na areia, caíam e se levantavam. E nós, sem nada comentar, sem nada dizer um ao outro, cada um no seu silêncio, com os olhos seguíamos aqueles corpos leves e nus e nada perdíamos e nada delas nos escapava.

Não arredamos pé. Ali permanecemos quietos, obstinados, presos àquela visão por uma rede invisível cujos fios era o sopro quente do vento que a todos envolvia. E era a frescura da água que nos abraçava. Era a união que os corpos ansiavam e igualmente se prometiam.

No meio da tarde elas deixaram o riacho e sumiram na mata. Só então procuramos nossa cabana.

– Vocês agora vão tirar lenha – disse Leonel – e depois acendam o fogo. Eu vou esperar o veado com meu arco.

Assim fizemos, e quando o sol chegava ao fim de sua jornada, Leonel chegou à cabana trazendo nas costas o veado que caçara. Jogamos fora o couro e o fato, e o que sobrou enfiamos num grande espeto e botamos pra moquear.

As chamas clareavam até a beira do mato que estava em volta da cabana. O fogo crepitava. O braseiro aumentava. E começou a entrar nos nossos narizes o cheiro da carne gordurosa da caça que ardia.

De raro em raro, saía uma palavra da boca de um de nós. Nunca fomos de conversar muito. Eu mesmo só aprendi a falar muito, a dominar muitas palavras como faz a gente culta, a esquadrinhar o pensamento como eu faço agora, isso eu aprendi foi muitos anos depois e com muita vida. Mas naquela época, a maior parte do tempo era em silêncio que ficávamos. Por isso ouvimos um fraco rumor na areia como de passos de alguém que se aproximava.

Não esperamos muito, já elas surgiram. Eram elas, as sete. E riam entre si e se ajuntavam e logo se desajuntavam, cobrindo e descobrindo os risos e os rostos e entraram no clarão de nosso fogo, luzindo os corpos, nas faces, nos ombros, nos peitos adiantados e macios, e luzindo os ventres e as coxas, até se darem as mãos e em roda dançarem ao som do canto que sabiam. Três delas tinham na cintura um ralo avental de plumas e todas elas singelamente enfeitadas tinham os braços cingidos por braceletes e nas cabeças cingidas por tiras verdes de palmeira traziam atados raminhos de flores.

Elas cantaram muito e dançaram. Quando acabaram, se sentaram em roda, sempre falando entre si e rindo alegres. Gabiroba se pôs de pé e começou a balançar o corpo. E nos animou, a nós homens, pra dançar. Então nos juntamos os três e começamos a dançar enquanto cantávamos os cantos que saíam da nossa boca sobre as coisas que a gente ia topando pelo mundo.

Uma vez Gabiroba puxava o canto, outra vez era Leonel e outra era eu. Enquanto um não começava uma história nova, a gente ia repetindo aquela. Gabiroba era quem mais sabia inventar. Mas era assim que ele era, sempre gostando muito de cantar. Tinha vez que acontecia de a gente tá caminhando no meio daquelas longas jornadas, muito tempo mudos. De repente ele afastava pra lá o silêncio tirando uns versos de cantar. Eu gostava. Leonel não dizia nada, mas devia gostar também. Às vezes, eu pedia:

– Puxa uma linha aí, Gabiroba.

Então ele puxava, e parece que até a mata parava quieta pra ouvir ele cantar.

Tiramos a caça do braseiro e colocamos sobre uns troncos secos de lenha, nos sentamos em volta e começamos a comer. Noite sem lua, só o facho da fogueira iluminava nossos corpos diante da cabana. As mulheres se dividiram entre nós e ofereciam os seus cuidados distribuindo porções de moquém. Cada duas delas se aproximou de um de nós para nos dar os seus favores. Gabiroba, que tinha agradado muito com seus cantos, mais que os outros, recebeu os favores de três.

Já estávamos bem satisfeitos e o sono se aproximava. Então entramos todos na cabana e sobre as palhas que forravam a areia nos deitamos, divididos entre elas como elas queriam, e a noite toda nos quiseram repetidas vezes, cada uma por sua vez, enquanto a outra dormia.

Quando amanheceu, elas atravessaram o riacho e se foram. Nós entramos na mata, olhando as caças, procurando frutas. Leonel levava o arco.

Eu disse:

– Vamos para o outro lado.

Seguimos os rastros das mulheres, por um caminho batido pelas caminhadas delas. Demos na frente de umas cabanas. Não havia ninguém. Ficamos ali o dia quase todo até que elas chegaram. Elas trouxeram frutas e ovos. Elas nos encontraram sentados na sombra de uma árvore na frente das cabanas. Vieram para perto de nós. Nos ofereceram frutas. Eram umas mangabas. Estavam alegres, riam muito. Uma delas trazia um facão na mão.

Leonel perguntou:

– Onde estão seus pais, e os pais de seus pais e os seus irmãos? Por que só vemos vocês?

— Meu nome é Efire – disse a que estava com o facão – do povo araquena, da ribeira do Itapicuru-Mirim.

— Onde está seu povo?

— Está em Natuba, onde é principal o valente Cristóvão. Mas correm grande perigo.

— Por quê?

— Porque chegou ordem do governo para Cristóvão entregar os guerreiros em Salvador, onde o são-paulista Baião Parente está juntando tropa pra destruir as aldeias e limpar o sertão.

— Cristóvão não entregou? – perguntou Leonel.

— Esteve lá um capitão, trazendo ordem pra Cristóvão seguir para Salvador com os guerreiros. Cristóvão respondeu que não entrega nem leva nenhum homem de Natuba pra tropa do matador de gente do sertão.

— Isso é desobediência, insubordinação, insolência – eu disse, já entrando na conversa –, é isso o que eles vão dizer e vão agora castigar Cristóvão.

— Ficamos com medo – disse Efire – e foi por isso que nos esconderam aqui. Pra nos salvar.

— Cristóvão não está com medo? – perguntou Gabiroba.

— Com ele são cento e vinte guerreiros de várias nações. Estão prontos pra lutar.

Eu olhei para meus amigos, eles olharam pra mim. Ficamos em silêncio um tempo.

— E agora? – perguntei. – Pra que lado nós vamos?

— Vamos pra Natuba – respondeu Leonel.

— Vamos nos juntar aos guerreiros de Cristóvão – completou Gabiroba.

A tarde caía. Cada canto de pássaro já anunciava a solidão da noite. Cordões de araras passavam rumo à serra onde dormiam. Nós nos deixamos ficar ali, perto das filhas dos araquenas, quietos, observando uma e outra em seus movimentos, dispostos a esperar que a noite nos cobrisse com sua sombra. De vez em quando uma sumia no mato, outra aparecia. Faziam jogos de correr uma atrás da outra, brincando de perseguições improvisadas.

Gabiroba voltou do mato trazendo um feixe de lenha nas costas. Efire trouxe de dentro da cabana um tição, soprando para avivar a brasa e meteu-o em seguida debaixo dos paus de lenha. Gabiroba ajudou quebrando uns garranchos e juntando folhas secas. Leonel voltou do mato segurando uma cutia pelas patas. Uma mancha de sangue na pá esquerda do animal mostrava a ferida da flechada. As moças correram ao encontro do caçador e receberam dele a gorda e lisa cutia. Imediatamente fizeram um corte e arrancaram o couro do bicho, que saiu inteiro de uma vez.

Quando a luz do sol sumiu, outra menor, a do fogo, iluminou o pátio em frente da cabana do pequeno bando de mulheres deixadas sozinhas na mata, desgarradas de suas famílias, até o dia em que o destino de seu povo fosse decidido na guerra.

E o ritual do festim se repetiu como na noite anterior. No ermo do longínquo sertão, a léguas e léguas de seus semelhantes, com as faíscas da fogueira a se apagarem na escuridão, subia ao céu e ao cume das serranias em volta o canto alegre daquelas vidas, para sempre perdido e jamais lembrado.

Não me lembro mais com quais delas eu misturei minha sôfrega respiração naquela noite. Mas me lembro de uns braços que se me deram. Uns eram leves e me cingiam delicadamente, outros mais pesados apertavam-me contra os peitos com firmeza. E os cabelos todos iguais, todos pretos, todos cheirosos, impossível distinguir de quem e de quantas que me abraçaram e aqueceram.

No dia seguinte, já decididos a partir para Natuba, não sei o que, com maior força, nos reteve: se a vontade de ficar, ou os pedidos delas que com lágrimas nos fizeram. O certo é que as duas vontades, as nossas e as delas, se uniram e nos venceram. E ali por mais uns dez dias demoramos na companhia delas, na luz e no escuro, fazendo sempre as mesmas coisas. Distinguindo as vozes dos bichos, acompanhando o voo longínquo dos pássaros, vendo a serra parando pesada ao longe. Brincando nas águas, dormindo de dia nas sombras das matas, nas areias do rio e de noite no calor da fogueira. E tudo acontecia certo, sem nenhum impedimento. Como comer uma fruta no pé, no instante mesmo que ela amadurece.

Um dia, pesaram mais em nosso espírito os apuros que o líder Cristóvão estava passando e os guerreiros araquenas e os outros guerreiros de outras nações que viviam reunidos na Missão de Natuba. Tínhamos acordado com o mesmo pensamento. Era hora de ir embora. E lutar, se fosse preciso, ao lado de Cristóvão.

Reunimos de novo nossas coisas: Leonel pegou seu arco e algumas flechas. Gabiroba pegou a baioneta e o aparelho de fazer fogo. Eu peguei a espingarda e a nenhuma munição. Efire foi até um canto da cabana e pegou uma urupema, meteu nela uma cutia que estava moqueada da véspera, juntou uma cabaça pra água e entregou tudo para a nossa viagem.

Enquanto estávamos assim nos preparando para partir, todas choravam. Vi três delas fazendo vômito e outras três desmaiarem mais de uma vez. Até Efire, ao entregar as coisas pra nós, se desfez e caiu vomitando aos pés de Leonel.

Com grande tristeza nos afastamos, deixando nossas lágrimas caírem no pó do pátio. Quando sumimos por trás da primeira moita de mato, Gabiroba comentou:

– Estão todas grávidas.

Ao ouvir isso, Leonel deu um violento empurrão em Gabiroba que ele saiu catando cavaco e quase deu com a cabeça num tronco de pau. Eu não segurei a gargalhada, e nem eles, e todos rimos muito e assim começamos nossa jornada para Natuba.

Levamos doze dias de caminhada em nossa viagem até Natuba, que era bem ali onde hoje está a cidade de Nova Soure. A viagem toda fomos seguindo pela beira do Riacho Massacará, que também chamam Ribeira do Pombal.

Efire tinha dito: "Não se afastem do riacho, vão abeirando ele que vocês vão chegar lá. Mas antes, o riacho vai entrar no Itapicuru, então vocês continuam descendo pela beira do Itapicuru até chegar em outro riacho, que também entra no Itapicuru. Esse é o Rio Natuba, onde tem a aldeia de Cristóvão".

Não sentimos falta de comida nessa viagem. Sempre tinha bicho bebendo ou descansando na beira das águas do Massacará e com a flecha ou com a baioneta ficava algum pra nós.

Quando estávamos passando entre a Serra da Canastra e o Massacará, demos com um rebanho de capivaras comendo na relva na beira d'água. Foi nesse dia que eu vi como Gabiroba era veloz na carreira. Uma capivara se desgarrou das outras e ele desembestou atrás desse animal, numa corrida tão veloz que era de espantar, e antes que a capivara conseguisse se atirar na água Gabiroba voou nas pernas dela.

Sempre um atrás do outro, fomos seguindo por um antigo caminho que acompanhava o rio, onde por mais de mil anos o povo da terra pisava e onde a mata nunca morria. Andávamos horas, às vezes sem dizer uma só palavra, comendo uma fruta ou outra que uma planta nos oferecia ao passar, moqueando e comendo uma caça que encontramos na estrada e dormindo sobre um colchão de folhas debaixo de uma árvore e levantando com o sol quando ele se levantava e deitando com ele quando ele também se deitava.

Assim seguimos, até chegar ao Rio Natuba, nas terras dos moritises, onde era pai o valente Cristóvão, e só percebemos que já andávamos na área vigiada por seus guerreiros, quando subitamente fomos rodeados por todos os lados por homens que saíram da mata, armados de flechas e arcos retesados contra nós.

Imediatamente tiraram de minhas mãos a espingarda e das de Leonel outro homem tirou o arco e já ia quebrá-lo contra o joelho, quando eu falei:

– Se quebrar, vai ser menos um arco pra lutar ao lado de Cristóvão.

Mal me ouviu, suspendeu o que ia fazer, e virou-se para os outros, falando todos eles ao mesmo tempo. Por fim, decidiram nos tocar, indicando para marchar em frente. Entendi que nos iam entregar a Cristóvão.

À medida que nos aproximávamos da aldeia, íamos atravessando roças com plantação de mandioca, de milho, batata e inhame. Vimos também um curral de varas e uns bois pastando, que levantaram a cabeça pra nos olhar quando passamos.

Um magote de meninos e meninas, correndo, vieram até nós, curiosos. Faziam algazarras e o barulho de suas vozes me fizeram bem, porque fazia já muito tempo que eu não escutava aquilo, tão afastado que eu andava em guerras e viagens.

Entramos em Natuba, que estava preparada para a luta. Para qualquer lado que nós olhávamos, nós víamos guerreiros, todos pintados com as tinturas de guerra, e muitos deles empunhavam suas armas. Fomos conduzidos pelos batedores para a casa de Cristóvão, atravessando o grande pátio circulado de cabanas.

Avisado antecipadamente de nossa chegada, o capitão da aldeia nos esperava em frente da sua casa, rodeado de sua família e de alguns guerreiros armados. Ao olhar pela primeira vez para Cristóvão, tive a impressão de estar diante de um homem a quem nada do que está em volta escapa de seu olhar, nem de seu entendimento. Ele também estava com as tintas de guerra pintadas no seu corpo, de pronunciada musculatura. E dirigiu-se a nós na língua *kipéa*.

– Quem são vocês, de onde vêm e pra onde estão indo?

Eu sempre fui mais falante, e sabia que meus companheiros iam esperar que eu falasse primeiro. Então eu disse:

– Este aqui é Leonel, filho de Ialna, do povo anaió.

– Onde ele ganhou esse nome?

– Ganhou esse nome quando os padres lhe ferraram com o batismo, lá nas aldeias dos sapoiás, de São Francisco Xavier, agora destruída pelos homens de Garcia d'Ávila.

– Os anaiós são um povo guerreiro – disse Cristóvão –, mas algum mal ele teve, este filho dos anaiós, porque traz o olho um pouco descorado.

– Ele é assim mesmo. É de nascença – eu disse.

Cristóvão ficou olhando fixamente para Leonel, sem dizer nada. Então eu retomei as apresentações.

– Aquele é Gabiroba, escravo fugido de um senhor de Itaparica, morador no mocambo de Geremoabo, agora destruído.

– E esse jeito dele aí? – perguntou Cristóvão.
– É que eu nasci de um negro da África com uma índia tupinambá.
– Ele estava fugido no mocambo de Geremoabo – eu disse – então nós três desertamos e agora estamos aqui.
– Quem foi o capitão que comandou a destruição do mocambo? – indagou Cristóvão.
– Fernão Carrilho, matador de índio, como eles dizem, e exterminador de mocambos.
– Estou sabendo – comentou o líder. – Agora diz quem é você.
– Eu sou Aleixo, da nossa grande nação cariri. Fui capitão-mor dos índios da missão de Canabrava, mas fui privado desse posto pelo governador do Brasil, dizendo ele que foi pelas repetidas insolências que eu havia cometido, do que resultou gravíssimos danos ao serviço de Deus e de Sua Majestade. Disse também que eu era motor de sublevações dos índios, e por tudo isso fui exterminado para o Rio de Janeiro. Foi o que aconteceu, mas como não me adaptei naquela vila, de lá fugi. Agora esse governador me persegue e não descansa enquanto não me achar, e até já espalhou ordem que me prendam onde me encontrarem e me remetam com toda segurança à cadeia de Salvador.
– Eu sei – disse Cristóvão – como capitão-mor dos índios de Natuba, já recebi essa ordem de te prender, se eu te encontrar.
Fiquei meio perturbado quando ouvi isso. Seria que eu tinha vindo me entregar, como a pomba que corre alegre para o milho e cai na arapuca? Esperei o que ele ia dizer, mas pareceu que só me observava.
– Mas isso foi antes ...
– Sim – interrompeu o líder – foi antes de eu me negar a seguir para Salvador com meus homens de guerra, e me meter debaixo do comando de Baião Parente na entrada pra destruir

aldeias e fazer escravos. O governador mandou aqui um capitão com carta pra eu levar meus guerreiros. Mas eu mandei ele de volta.

– Agora é certo que vão mover guerra contra Natuba – disse eu.

Naquela hora já tinha juntado um mundo de gente na frente da casa de Cristóvão, e todos acompanhavam em silêncio a fala do líder, numa atitude de atenção e respeito.

– Os brancos não sabem quem são nossos inimigos – começou falando assim Cristóvão, para todos ouvir –, os brancos não podem dizer a quem devemos fazer guerra. Antes de chegarem aqui, não fazíamos guerra em todo lugar. Agora eles nos levam para lutar com quem eles escolhem. Está errado. Já fizemos isso, não vamos fazer mais. Se quiserem nos punir por isso e fazer guerra contra nós, eles vão nos encontrar aqui, prontos pra recebê-los com nossas armas.

Fez-se silêncio. Todos pareciam querer ouvir mais, pois sabíamos os efeitos daquela decisão. Então Cristóvão expôs demoradamente tudo o que pensava, dizendo que naquela noite, nos seus sonhos, lhe vieram todas as revelações dos sucessos que estavam caindo sobre os moritises e tantos outros povos dos sertões.

"Os brancos são mentirosos – disse –, eles nos contam suas mentiras e nos enganam. Eles dizem que os povos do sertão são seus inimigos, mas é mentira. O que eles querem é tomar todas as terras. Então eles dizem que os povos são seus inimigos, para em seguida batê-los e ficar com as terras e soltar nelas suas boiadas. Eles trouxeram suas boiadas, espalham elas em nossas terras e dizem depois que roubamos os seus bois e por isso nos fazem novas guerras, nos matam, e tomam mais terras.

"Eles mentem – continuou o líder – eles dizem que os paiaiás são inimigos nossos e inimigos deles e nos fazem destruir os paiaiás, ou os orizis, ou os galaches, ou os mongurus, ou os gueguês, ou os sapoiás, ou os anaiós e tantos outros povos. Mas o que eles querem é tomá-los para escravos pra trabalhar em suas fazendas, em seus engenhos, em suas casas de farinha, ou cavar na serra e nos riachos à procura da pedra amarela, ou usar o nosso povo como soldados na defesa de suas terras e suas casas. Eles nos tiram de nosso povo e depois nos fazem guerreiros de suas entradas e nos fazem voltar aqui com suas promessas e enganos pra matar o que restou de nosso próprio povo, e tomar mais terras e fazer mais escravos.

"Levam nossas mulheres – continuou Cristóvão, a voz saindo mais forte de seu peito –, tiram nossas moças e se aproveitam delas, e fazem elas carregar nas suas barrigas os filhos deles, não os nossos.

"Eles vão acabar com nossos povos – disse o líder dos moritises, num tom que soou triste e aterrorizador – eles tomam tudo. Eles derrubam as matas e roubam o lugar de nossos ancestrais. E para ajudar os fazendeiros na nossa destruição, vêm os padres e nos confundem com suas patranhas. Eles levam nossas crianças e criam como galinhas, afastadas dos pais e esquecidas dos nossos ancestrais. Eles querem trocar os nossos ancestrais pelos ancestrais deles, que não vivem aqui. Os ancestrais deles estão presos no céu, ou naquele outro lugar que eles chamam inferno. Eles ficam nesses dois lugares e nunca descem. Não atravessam o ar, nem saem do chão, nem vêm nadando pelas águas, como os nossos vêm pelo alto, na chuva e no sol e na lua que nos dão boa colheita. Os ancestrais deles não estão nos peixes, nem estão nas matas e nos animais todos que vivem com a gente. Os brancos querem tomar nossas terras e os padres colaboram com eles não deixando que a gente se alegre com tudo que os ancestrais deixaram pra nós, e com tudo que nos mandam todos os anos. Os padres, que também são brancos, só querem que a gente esqueça tudo de que gosta e fique só esperando pra viajar depois da morte, lá para onde os ancestrais deles moram. Mas quem quiser ir agora não vai, e nem eles ensinam o caminho pra chegar lá, se caminhando, se de canoa, se nadando. Os brancos não enxergam o caminho que está nas coisas. Eles só imaginam um lugar, mas eles não acham o caminho, porque eles não andam nas matas como nós, porque eles ficam parados dentro da igreja, só rezando e pensando no dia que vão pegar o caminho, que eles não sabem onde fica, nem o dia, nem a hora e nem o rumo. O caminho deles não começa em lugar nenhum. Eles só sabem que tem esse lugar dos ancestrais deles, e quem foi pra lá nunca voltou pra dizer onde fica. E dizem quem vai para o inferno e quem vai para o céu. Mas eles não podem saber com certeza quem foi pra um lugar e quem foi para o outro, porque ninguém estava lá quando o a pessoa chegou, nem os que foram mandaram de lá notícia.

"Os brancos invasores estão nos enganando. Eles querem nossa ajuda pra destruir nós mesmos. Eu não vou mais fazer isso. Tudo que eles fazem acaba. Eles querem fazer muito pra não acabar. Eles fazem coisas e guardam, mas vem outro e pega. Por isso eles não têm paz. Mas eles não fizeram o nosso povo e nós não vamos acabar. Nossos ancestrais vivem em nós e os brancos não vão nos acabar. Quem não vive inventando, mas recebe dos ancestrais, sempre tem o que não acaba e por isso tem paz e alegria.

"Vamos ficar aqui onde sempre estivemos e não vamos fazer a guerra dos brancos. Eles ficam do lado de lá, e nós ficamos do lado de cá. Se não quiserem assim, vão ter que nos matar, porque desta vez não vamos mais fazer a guerra deles, nem morrer por eles.

"Agora todos já sabem – disse pra finalizar. Em seguida, virou-se para os batedores que nos tinham conduzido e mandou que nos trouxessem até ele".

– Se vocês ficarem em Natuba, lutarão do nosso lado, se não quiserem, podem partir.

– Nós vamos ficar e lutar – disse Leonel.

– Eu fico e luto – disse Gabiroba.
– Nós vamos ficar – completei.
Então Cristóvão virou-se para os batedores:
– Devolvam as armas deles.

Nesse mesmo dia, começou pra nós três um tempo bom entre as famílias dos moritises de Natuba. Conhecemos os guerreiros araquenas que eram parentes daquelas moças com quem estivemos na ribeira do Massacará. Quando falamos delas a seus pais e parentes, e contamos sobre os dias alegres que passamos com elas, eles se alegraram muito e choraram mais ainda. Depois disso, ficamos familiarizados com todo mundo na aldeia, e sempre recebendo de todos muitos agrados.

Todos os dias em Natuba eram de muita animação. Os moritises sempre achavam um motivo pra beber a jurema. Se os caçadores tinham sorte na caça e traziam grandes troféus, começava logo uma grande festa. O fogo era aceso e a moqueação começava em meio aos cantos e às danças. Se as vacas de leite amanheciam com os úberes muito cheios de leite, nesse dia fazíamos festa para agradecer. Ou se na colheita da mandioca fossem encontradas raízes que impressionavam pelo tamanho, já ali os moritises tinham outra razão para celebrar com jurema a noite toda, sempre dançando e cantando.

Mas os guerreiros, pintados com as tintas de guerra e sempre portando os seus arcos, não paravam de nos lembrar que estávamos à beira de uma batalha.

Então se deu o acontecimento que levou depois à destruição de Natuba. Uma companhia de poucos guerreiros, capitaneada por um homem branco, chegou à aldeia em hora que não era de guerra. O sol estava a pino, batendo no alto da cabeça. Naquele tempo, era costume começar um ataque bem cedo, quando quem ia ser assaltado era surpreendido ainda dormindo.

O número de homens era pequeno, não passando de uns doze homens, sendo quase todos arqueiros. O comandante era o capitão-mor Agostinho Pereira Bacellar. Com ele vinham mais dois ou três soldados brancos, todos fardados e trotavam a pé. Só o capitão vinha a cavalo.

Os vigias dos moritises concluíram que não se tratava de um ataque e vendo que entre os homens vinha um capitão resolveram não cortar à frente deles, mas correndo pelo mato chegaram primeiro à aldeia para avisar da chegada dos visitantes.

Alertado, Cristóvão postou-se no fundo do pátio diante de sua casa e mandou que os seus cento e vinte homens de guerra se distribuíssem pelos lados do pátio de forma a fazer um grande círculo em volta do capitão e seus homens quando penetrassem o pátio.

O capitão Agostinho desceu do cavalo e atravessou andando o pátio, acompanhado de seus soldados brancos, indo em direção ao capitão dos moritises. Fez uma saudação militar diante de Cristóvão e começou a explicar-lhe o motivo de sua viagem até a aldeia.

– Estou aqui enviado do governador do Brasil, que lhe manda saudar pelo seu valor no comando dos homens de guerra ao serviço da Capitania e de Sua Majestade.

Mostrando a carta que trazia, continuou:

– Trago comigo esta carta que lhe envia o governador, que nela ordena o senhor, capitão-mor dos índios de Natuba, a seguir comigo, juntamente com os homens de guerra assentados nesta aldeia, para Salvador, onde receberá obrigações de vassalo de Sua Majestade, na entrada que fará o chefe paulista, para guerrear contra índios inimigos.

O capitão-mor Agostinho Pereira disse essas palavras e estirou o braço para entregar a carta, mas Cristóvão não a recebeu. Antes fez sinal para que fosse entregue a Leonel, que estava próximo.

Uma onda de ódio pode ser vista no olhar do capitão Agostinho, diante da insolência de Cristóvão, que não se dignara a receber com as próprias mãos a carta. Mas como sua missão era ao mesmo tempo militar e diplomática, ele se conteve e entregou a carta ao jovem Leonel.

Estava escrita em português. Leonel leu as primeiras linhas só para si e em seguida repetiu o seu conteúdo na língua *kipéa*: "fica o principal da aldeia de Natuba proibido..."

Quando Cristóvão ouviu a palavra proibido, sua paciência acabou. Deu dois passos rápidos na direção de Leonel e abocanhou a carta com a mão e a fez em pedaços atirando-os aos pés do capitão branco.

Por puro instinto militar, Agostinho Bacellar levou a mão à espada. Má hora ele teve esse impulso, pois já uma primeira flecha lhe foi espetada nas costas. A segunda ele recebeu no peito, do próprio arco de Cristóvão.

O círculo de flecheiros fechou em torno do capitão Agostinho. Outras flechadas o atingiram, muitas, e divididas entre ele e os dois soldados que o acompanhavam. Morreram os três.

Os outros militares que chegaram com o capitão e se mantinham afastados caíram no mato sem que ninguém percebesse e escaparam. Foram eles que chegaram dias depois a Salvador, levando a notícia da morte do capitão-mor Agostinho Pereira Bacellar para aqueles que esperavam vê-lo entrar em Salvador com a companhia de Cristóvão e seus cento e vinte arqueiros.

Os dias que se seguiram a esse acontecimento foram uma longa espera por uma nova batalha. As festas alegres continuaram, mas nós sabíamos que a qualquer hora seríamos atacados. Os mais velhos passavam dias reunidos na casa dos homens e trabalhavam nos rituais da ciência procurando ver o futuro. Quando saíam lá de dentro falavam em tempos difíceis, faziam promessas de uma vida na Floresta do Encante.

Os guerreiros passavam grande parte do tempo fabricando flechas, adornando suas armas, renovando as tinturas de guerra em seus corpos. Os vigias passaram a dormir nos seus postos avançados, atentos à aproximação do inimigo.

Passaram tantos dias de espera pela guerra, que a aldeia começou a esquecer os perigos de uma invasão. Cristóvão disse para os guerreiros matarem um boi pra realização de uma grande festa. Mas antes as mulheres deviam preparar muito vinho, para a festa durar vários dias. Umas fizeram vinho de jenipapo e outras fizeram de jurubeba.

Quando já havia grande quantidade de vinho, os guerreiros foram caçar um boi. Depois de ferir com flechas, eles agarraram o boi com as próprias mãos e o mais forte dentre eles deu a queda final ao animal, quebrando-lhe o pescoço com um golpe de torção aplicado do chifre à queixada da grande caça.

Toda essa luta foi assistida por quase todas as pessoas da aldeia, com muita festividade. As crianças tiraram muito proveito desses acontecimentos para se divertir.

Grandes panelas cheias de carne borbulhavam, sob a assistência de todos os habitantes, que se espalhavam por todo o espaço do limpo terreiro. As cuias de vinho passavam de mão em mão, esvaziando-se de gole em gole. Meninos e meninas enchiam também os espaços com suas vozes e correrias.

Assim terminou o dia e a festa continuou noite adentro. Havia já dias que eu, Leonel e Gabiroba andávamos misturados aos guerreiros de Natuba sem nenhuma diferença. Cristóvão chamou nós três diante dele. Depois chamou três de suas filhas e disse:

– Vocês agora terão mulheres. Tomem cada um de vocês uma mulher de minha família, e com elas vivam casados.

Ele mesmo distribuiu as moças entre nós, e nós ficamos felizes. Parece que ele já tinha observado a preferência de cada uma delas, porque as três ficaram felizes e riam como se o pai tivesse adivinhado suas escolhas.

Eu e meus amigos de aventuras experimentamos naqueles dias de festa uma alegria que não tinha tamanho de tão grande. Bebemos muito vinho e quando estávamos já cansados a ponto de não parar em pé e, sonolentos, dormíamos com nossas mulheres até a fraqueza passar, e então voltávamos a beber jurubeba e a comer do cozido que fumegava nas panelas.

Não me lembro quantos dias e noites durou a comilança, só sei que enquanto tinha carne e tinha bebida ela não acabou. E quando acabou permanecemos ainda uns tantos dias deitados em nossas cabanas, dormindo e acordando com nossas novas esposas.

Passada a embriaguez da festa, estávamos prontos para lutar se fôssemos atacados. O que teria sido muito diferente, se os brancos invasores nos assaltassem quando estávamos em festa, porque iam nos surpreender todos bêbados e iam nos matar a todos e amarrar a todos e pegar o prêmio das meninas e de nossas mulheres.

Depois da festa, nossos guerreiros voltaram aos exercícios de guerra, afiando suas setas, treinando pontaria e saindo para as caçadas. Leonel tinha sempre sorte na caça e Gabiroba corria como um cão caçador atrás de tudo que não alçasse voo. Eles sempre dividiam comigo o que pegavam e eu levava para minha cabana e colocava nas mãos de minha mulher, e ela se alegrava.

Certo dia amanhecendo, tudo isso acabou.

A primeira impressão que os vigias tiveram, quando um rumor pesado chegou aos seus ouvidos, foi a mesma que uma boiada produz quando se desloca por uma estrada. Mas ali não era caminho do gado que sempre descia para Salvador. Entreolharam-se e um deles disse:

– Inimigos.

E o outro comentou:

– São muitos, como formigas.

Com toda a rapidez que podiam, correram para avisar a aldeia. E num instante o povo se alarmou. Vozes e gritos confundiam-se na correria de mulheres e crianças.

– Quantos guerreiros vocês viram? – perguntou Cristóvão.

– São tantos homens brancos que não pudemos contar, fora os mamelucos, e maior ainda é o número de índios.

Assustados, os guerreiros tomaram suas armas. Cristóvão se dirigiu a eles, comunicando a estratégia de defesa.

– Antes que cheguem aqui, vamos fazer tocaia e esperar que eles passem para as casas e atacamos pelas costas. Outros ficam aqui e atacam pela frente.

Assim falou, e antes que os guerreiros começassem a se embrenhar nas matas, ele ainda disse:

– Cada um vira cobra e fica encolhido na moita, e morde o pé que vai pisá-lo.

Às mulheres, o líder ordenou:

– Juntem-se todas com os pequenos e com os homens que não lutam e atravessem o rio. Vão sem fazer barulho, como o bando de periquito que fica mudo quando se aproxima o homem.

Eu e meus companheiros fomos dos primeiros que iniciamos nossa corrida nas matas pra emboscar o inimigo. Enquanto eu me esgueirava entre os paus e saltava fugindo dos espinhos, eu pensei: "Eles estão de novo atrás da gente. Onde quer que a gente vá, nenhum povo tem mais sossego. Antes de chegarem aqui, nunca teve tanta guerra".

Mas naquela hora eu não podia ficar pensando. O que fiz foi aguçar meus ouvidos e arregalar meus olhos, porque dali a pouco eu teria que me defender e atacar.

Eu quis ser dos primeiros a ver a cabeça do monstro que vinha nos atacar e fui me colocar na primeira linha da tocaia. Todos os outros se deslizaram pelos matos, aquietando-se onde melhor pudessem se esconder e atirar no inimigo. E de repente, ninguém mais mexia, não se ouvia o mínimo barulho. E esperamos.

Primeiro, ouvi os sinais: um bando de jacus alçou voo de um lado, depois do outro lado também bateu asas mais um bando. Lá mais adiante um bando de cancãos repicavam esganiçados. Então o rumor abafado de muitos pés, pontilhado pelas passadas quadrúpedes dos cavalos, chegou até a nossa tocaia.

Eu os via quando eles passavam em certo ponto. De espaço a espaço, se destacava uma companhia de um e outro capitão. Reconheci, à frente de todos, comandando o ataque, o capitão-mor Domingos Rodrigues de Carvalho, da leva de Francisco Dias d'Ávila, afamado matador dos povos gurgueia, galache e acroá. Depois vi passar o sargento-mor Francisco Ramos, paulista, da leva dos quatrocentos homens brancos de Baião Parente, que vieram de São Paulo pra limpar o sertão.

Esse Francisco Ramos aniquilou aldeias de índios maracás. Vi passar Francisco Barbosa Leal, também da leva de Estêvão Baião Parente.

Enxerguei o capitão Gonçalves do Couto e toda gente de sua companhia e, mais atrás, aquele Leonel Veloso, soldado de artilharia, que vinha comandando um magote de índios que puxavam um carro levando uma bombarda.

Fora esses, vi passar outros capitães que eu não conhecia, cada um seguido de sua companhia de guerra. Eram muitos, porque o comandante Domingos Rodrigues tinha recebido autorização do governador para levar consigo todos os capitães de ordenança dos distritos por onde passasse. Dizendo ele que iam todos fazer represália aos índios de Natuba, prendendo os cabeças e principais autores, delinquentes e culpados da desobediência e morte do capitão-mor. E se os mais se levantassem para os defender, que fosse praticado o que dispõem as Leis, que permitia matar quem resistisse, pois não mereciam menos demonstração de castigo o excesso daquela culpa.

Não sei se foi algum dos nossos que atirou a primeira flecha. Sei que as companhias dos invasores ainda não tinham terminado de passar por onde eu estava camuflado, quando a guerrilha começou. Ouvi os gritos de guerra e de ataque dos moritises, como pássaros esvoaçados que protegem seus ninhos. As companhias estouraram e em desordem espalharam-se nos matos em caçada feroz, disparando arcos e tiros.

A desordem foi grande. Os invasores, em número muito maior que o de nossos guerreiros, infestaram os matos e, com suas armas de fogo, sufocaram nosso ataque e logo nos venceram.

Do lado de nossos adversários, apenas alguns tinham sido feridos. Já do nosso lado, muitos tinham sido mortos e abandonados nos matos. E os demais, dentre eles alguns feridos, fomos capturados e reunidos no meio do pátio. Eu, Gabiroba e Leonel estávamos vivos e inteiros, mas alguns dos nossos ainda iam morrer antes do anoitecer.

E a morte mais terrível estava reservada para o nosso líder Cristóvão.

Fomos empurrados para o meio do pátio e cercados por uma multidão. E com violência começaram a nos oprimir e interrogar. Tiraram Cristóvão do meio dos outros e lhe amarraram as mãos aos pés.

O capitão Domingos Rodrigues começou a falar:

– Eu vou falar em português, porque eu sei que entre vocês existe um língua que sabe falar português. Quem é?

Não houve resposta.

– Quem é que está me entendendo? Quem é o língua?

Trocamos algumas palavras, correu um murmúrio confuso entre nós, mas o capitão não obteve resposta. Então de novo ele falou:

— Isso é desobediência. Vou começar a atravessar alguns de vocês na espada até que apareça o língua. Estão me entendendo?
— Estou — respondeu Leonel em português.
— Então é você Língua? — indagou o militar.
— Sim.
— Sei que você sabe o português e também sabe a língua de outras nações de gentios. E aqui tem índios de diversas nações. Você vai passar o que eu disser para a língua de todos eles, porque eu quero que me entendam direito.

O capitão-mor nessa hora mandou seus homens desamarrarem Leonel e que o trouxessem para perto de si.

— Diga a eles que eu estou aqui por ordem do governador do Brasil para prender e punir os cruéis assassinos que mataram o capitão-mor Agostinho Pereira Bacellar.

"Aqueles que se levantaram contra o capitão-mor e o mataram cometeram afronta à lei e ao rei, por isso serão castigados e vão pagar com a vida."

Assim que o Língua reproduziu a fala do capitão, Cristóvão entrou na conversa por estas palavras:

— Diga a ele que os fazendeiros também matam nossos capitães.

O capitão-mor reagiu:
— Os fazendeiros matam seus capitães porque eles roubam o gado.

Mas Cristóvão não ficou calado e novamente retrucou:
— O gado vive na mata, nós caçamos o gado.
— Quem rouba o gado comete crime contra as leis do Brasil e do Reino e recebe o castigo — advertiu o militar.
— Vocês roubam as terras onde plantamos nossas roças e nos expulsam delas e nos matam. E ainda entram em nossas aldeias, queimam nossas casas, levam o milho que temos recolhido, quei-

mam nossas roças, amarram nossos homens e carregam nossas mulheres.

Então o capitão deu a sua última cartada:

– O que você está dizendo é sublevação e mau exemplo. Hoje mesmo receberá o castigo que merece. Você e os outros cabeças.

Dito isso, Domingos Rodrigues Carvalho alçou sua voz nas alturas para ser ouvido por todos. Leonel seguiu-o como intérprete:

– Quero saber quem foi que ajudou o pai Cristóvão no assassinato do capitão-mor. Que eu tenho resolvido de só prender os cabeças e principais autores e fautores culpados na desobediência e morte do dito capitão-mor. Para os mais, eu declaro que podem aquietar-se sossegados nesta aldeia e nas outras de Natuba, cabendo só aos culpados a demonstração que convém.

Leonel explicou como podia a ordem do capitão a todos que ali estavam, e mais às mulheres e crianças, que naquela altura já tinham voltado do outro lado rio, trazidas pelos soldados. Falou na língua de cada um conforme precisava, mas ninguém se animou a acusar os que diretamente tinham matado o capitão.

Pois bem. Sem esperança de obter a confissão, o capitão-mor voltou a dirigir-se a todo o povo para dizer:

– Se não me entregam o nome de todos os culpados, a punição recairá somente sobre Cristóvão, pai de todos vocês, que é o maior delinquente e o principal responsável pela morte do capitão-mor.

Suspendeu um pouco as palavras, depois continuou:

– Ele pagará com a vida, a tiro de bombarda, para que sirva de exemplo a todos que estão aqui, porque não venham a seguir o caminho dos sublevadores, dos desobedientes, e nunca mais atentem contra a vida dos representantes do governo e de Sua Majestade. Para que vejam o que vai acontecer com qualquer um de vocês, que se conservarem na mesma desobediência de Cristóvão, ele vai ser amarrado na boca de fogo, e explodirá.

O LÍNGUA

Tendo dito isto, e causado profunda apreensão entre os moritises, ele concluiu:

– Quanto aos demais, procederei contra todos vocês conforme dispõem as leis, que prometem se possa matar a quem resistir, até com efeito serem presos, e para se praticar a Provisão Extravagante de dez de setembro de seiscentos e onze, serão levados em cordas para Salvador como escravos cativos por terem desobedecido, resistido, levantando-se e rebelando-se contra nós. Em Salvador serão distribuídos como é de estilo.

O Língua traduziu as palavras do capitão-mor para o povo de Cristóvão. Entre as mulheres, correu brados de protesto e de pavor. Choros e dilacerações.

Mas o capitão voltou a sentenciar com autoridade:

– Serão todos levados em cordas como escravos e distribuídos em praça pública para quem de direito, com exceção daqueles dois ali que eu conheço muito bem. Um é Gabiroba, cafuzo fugido de Itaparica, que vai ser devolvido direto ao senhor de engenho, que é seu dono. Esse outro é o índio Aleixo, vagabundo e delinquente, condenado e foragido. Mas agora vai direto pra cadeia, pra amansar e deixar de ser indômito.

Vendo aquela apartação de meus amigos, cada um indo para um lado, eu pensei: "De nós três, o que está saindo pior é Leonel, porque vai ser escravo sabe lá de quem, se de senhor mau, que logo lhe marca o rosto com ferro em brasa, ou se de algum são-paulista que o mete em algum barco pra vender em São Paulo, ou até mesmo em Buenos Aires".

Mas eu mal concluí o pensamento, o capitão-mor virou-se pra trás e disse:

– E você, que é Língua, vai comigo. De hoje em diante, vai trabalhar para o governo a serviço de Sua Majestade. Temos grandes campanhas pela frente, e preciso de um Língua como você.

Se minhas dúvidas em saber qual de nós ia ter destino pior, depois que eu ouvi essa decisão do capitão-mor, elas ficaram maiores ainda.

Quanto a Leonel, eu não sei o que ele pensou, se ficou alegre ou triste. Só sei que naquele momento paramos um bom tempo olhando um na cara do outro. E quando os olhos dele deixaram pra trás os meus, eu tive a impressão que ele estava aliviado, e talvez até com uma ponta de contentamento.

Eu ia caindo em meditação sobre o que eu acabara de ver, mas nesse passo uma voz elevou-se acima de todas: a do capitão-mor. O enviado dos homens poderosos da Colônia:

– Soldado de artilharia, Leonel Veloso, disponha a bombarda no meio do pátio, apreste a execução do bárbaro Cristóvão!

A bombarda era um cano grosso de ferro, atado por umas alças também de ferro em uma plataforma de madeira aparelhada e com a boca voltada um pouco para cima, por onde saía o disparo de uma bola de ferro maior do que um coco grande.

Foi um lúgubre momento. Todos pararam para olhar. O capitão queria mesmo que todos vissem. Era um exemplo para advertir os subversivos. Os sublevadores. Cercou mesmo a cerimônia de alguma tosca formalidade: a condução de Cristóvão entre quatro soldados uniformizados e as armas aos ombros. Caminharam para o centro do pátio com os corpos empertigados em meia marcha, enquanto o artilheiro Leonel Veloso e outro soldado aguardavam ao lado da arma. Amarraram o líder Cristóvão na boca do canhão sob os olhos parados dos moritises. Leonel Veloso incendiou a pólvora e a bola de ferro explodiu o peito do infeliz. Uma nuvem de fumaça encobriu os seus pedaços, depois se dissipou para exibir o exemplo.

Depois da execução de Cristóvão, ficamos amarrados pelos braços e pernas aos troncos das árvores perto de nossas cabanas e vigiados o tempo todo por homens armados. Enquanto isso, todas as companhias se instalaram na aldeia, com seus homens dispostos a permanecerem lá alguns dias, descansando e juntando munição de boca, antes de retornarem para a Bahia.

Vasculharam todos as nossas habitações, colheram tudo o que tinha nas nossas roças, que mal chegava para todos os famintos. Era uma quantidade tão grande de homens que nos poucos dias que estiveram na aldeia mataram todos os vinte cinco bois do curral dos moritises e comeram quase tudo, tirante o suprimento que apartaram para a viagem de volta.

No dia que deixaram a aldeia, o contingente vitorioso se dividiu. Uma parte pegou o caminho no rumo sul para voltar a Salvador. Domingos Rodrigues Carvalho formou a outra parte com suas duas companhias e marchou para o norte, tomando o caminho de Jeremoabo, de onde passaria ao São Francisco.

Vi o capitão-mor Domingos Rodrigues se afastar com suas companhias militares. Ele e alguns homens brancos a cavalo e um batalhão de índios flecheiros a pé. Logo atrás dos homens brancos a cavalo, descobri Leonel, meu amigo de olhos esverdeados, que também tinha ganhado um cavalo para aquela viagem e logo faria guerras ao lado do capitão-mor, que o queria na frente das batalhas na função de guerreiro e Língua.

Eu e Gabiroba deixamos a aldeia com a segunda leva de capitães e de suas companhias para Salvador. Íamos no meio do comboio de prisioneiros, onde também iam as mulheres e as crianças. Eles deixaram na aldeia todos os velhos e velhas, que mal conseguiam andar, alguns deles doentes.

Um pouco antes da tropa se pôr em marcha, os soldados tocaram fogo em todas as casas e as labaredas avançaram engolindo tudo. Nessa hora vi os velhos se afastarem com seus passos doentes para a beira do rio.

A tropa nos conduziu por sete dias de viagem até chegarmos a Salvador. Ao longo do caminho, fizemos parada em algumas fazendas para dormir e tomar dos fazendeiros uns poucos bois para o sustento da tropa.

Eu soube na cadeia que os bois tomados na viagem de volta, mais os que foram tomados na ida da tropa inteira, tinham somado cento e sessenta e cinco, afora os vinte e cinco da aldeia dos moritises, que tomaram e comeram. Esses não foram pagos.

Mas os outros cento e sessenta e cinco foram acertados e pagos aos fazendeiros, numa reunião com o governo em que estavam presentes o capitão Francisco Barbosa Leal e o auxiliar de artilharia Leonel Veloso como testemunhas do gado consumido. Por aquele tempo, uma rês era vendida ao preço de dois mil réis. Mas eu soube, também lá na cadeia, que os fazendeiros que no caminho de Natuba entregaram os bois para alimentar a tropa, que foi prender e castigar Cristóvão, receberam dois mil e quinhentos réis do governo por cada uma das suas reses que os soldados comeram.

A cadeia é lugar em que a gente fica sabendo de tudo. Tanto pela boca dos ordenanças, quanto pelos presos que chegam de toda parte. Assim aconteceu. Um dia meteram lá um preso, que era um índio da mesma nação dos moritises de Natuba. Ele me contou que aqueles velhos e velhas que foram deixados na aldeia, mesmo depois que os soldados incendiaram tudo, lá continuaram pacientemente a reconstruir suas cabanas e a levantar a aldeia. Passaram muito tempo pegando juriti em arapuca pra comer e recolhendo tocos de mandioca e resto de inhame das roças queimadas, mas elas brotaram no tempo das chuvas e em tudo o mais foram ajudados pelos ancestrais.

E um dia, estando eles muito quietos e calados, ouviram uma falação de mulheres e de crianças. Eram as sete moças do Riacho de Massacará que regressavam. E trazia cada uma delas um filho ou uma filha puxando pela mão. Os velhos ficaram muito alegres. E foi assim que a aldeia de Natuba se encheu de gente e novamente se levantou.

Dois soldados do mestre de campo Domingos Rodrigues Carvalho me amarraram as mãos às costas, e por ordem que tinham recebido dele, me levaram para a cadeia de Salvador, assim que subimos as colinas da cidade com a tropa que chegava vitoriosa da guerra contra os insurgentes de Natuba. Mas antes de me trancafiarem, me levaram ainda embolado entre os demais prisioneiros para assistir à recepção oficial, preparada para os heróis da guerra, que entraram na cidade real exibindo o troféu conquistado. Era a cabeça do líder Cristóvão, que um soldado trazia espetada na ponta de uma estaca de pau.

Com este estandarte macabro, a tropa parou no meio da praça, junto ao pelourinho, onde eram justiçados os criminosos. As autoridades do governo ali já se encontravam reunidas para prestar as homenagens ao exército vitorioso. No centro das autoridades, avultava a figura do governador, tendo à sua direita o santo padre, chefe do bispado da Bahia e, à esquerda, os membros da Relação da Bahia, instituição de magistrados que ponderava e decidia na guerra e na paz sobre as pendengas da Capitania.

Então, sob os olhares de uma multidão de pessoas que saíram de suas casas e se misturaram à turba de desocupados que vagueava costumeiramente pelo porto e pelas ruas, o soldado levantou mais alto o que restou da cabeça de Cristóvão na ponta da estaca e passeou num vaivém com ela para que todos guardassem para sempre a lembrança de um erro e a imagem de uma punição exemplar. Nos últimos volteios, irrompeu a voz do governador, que logo foi seguido por todos, em brados de vivas à Sua Majestade, o rei, e de altissonantes louvados-seja-deus.

Terminada a homenagem, o soldado atirou ao chão, com desprezo, estaca e cabeça. Três ou quatro cachorros famintos, que também estavam por ali e acompanharam todos os vaivéns do troféu pelo ar, saltaram sobre o crânio de Cristóvão, mas recuaram do primeiro ímpeto de abocanhá-lo, tal era o fedor que dele exalava.

Acabada a cerimônia, os dois soldados se acercaram de mim, no meio dos prisioneiros. Aproximaram-se também todos os chefes das companhias para repartir entre si os prisioneiros que, pela lei da guerra justa, passavam a ser os seus escravos. Infiltrados entre esses chefes militares, vi alguns homens pertencentes à classe senhorial. Confabularam negócio, ajustaram preços. E cada um desses senhores apartou seu lote de escravos e tocou-os consigo para sua casa.

Vendo-os que se afastavam com seus donos, que os apalpavam e avaliavam e mediam, eu bendisse a minha sorte por voltar para a cadeia.

Quando os dois soldados me entregaram ao carcereiro, eu tive de escutar o que ele me disse:

– Vejo que chegou o esperado hóspede. Pelo que sei, você tem um quarto reservado aqui para os próximos sete anos.

Ao que respondi:

– Até as pedras, que nasceram sem pernas, não ficam paradas tanto tempo assim. Uma hora rolam de cima do morro.

– Ali tem oitenta metros abaixo pra você rolar quando eu te empurrar de cima da escarpa, insolente! – disse isso apontando para a cidade baixa.

E me deu um sopapo, que fui cair sentado dentro da cela. E bateu a porta, feita de grade de ferros, fazendo aquele barulho que é o mais odiento que este ouvido meu já conheceu.

Só não era pior que o barulho da risada do carcereiro, toda vez que queria demonstrar o seu desprezo pela minha pessoa. Mas não era o desprezo que me abalava, porque este não me atingia. Mas o que me dava vontade de atravessá-lo com um caniço de uma flecha era a covardia daquela risada, ferindo um homem que não podia reagir, porque estava imobilizado atrás das grades, que só eram abertas uma vez por semana, quando me deixavam sair para atirar fora minhas próprias bostas, que eu juntava num cântaro que ficava na cela para essa finalidade.

Mas não cumpri os sete anos de prisão naquela enxovia, que era o que ele queria. Nem saí de lá empurrado pela escarpa de Salvador, voando oitenta metros abaixo até me espatifar numa pedra na praia, que era também o que o carcereiro queria para soltar a sua covarde risada.

Saí daquela fedentina com a ajuda de Gabiroba, que vinha de vez em quando me visitar. Uma dessas vezes, ele disse:

— Toma aqui essa pedra de ara pra você raspar a fechadura. Com ela você tira o pó do ferro dessas grades. Junta, que eu venho buscar. Vamos fazer trabalho pra te tirar.

Botando muito fervor nas palavras, eu disse:

— Eu me apego ao meu amigo Gabiroba, pra me livrar do rigor cruel deste ergástulo e a quem mais venha me valer.

Gabiroba olhou dentro dos meus olhos e respondeu:

— Aquele que muda água em fogo e fogo em água, e no Inferno está pontificado, tudo pode, sendo ele servido e adorado.

Depois de alguns dias, Gabiroba apareceu de novo. Eu entreguei a ele uma trouxinha com o pó das grades juntamente com a pedra de ara.

Cinco dias depois, numa manhã de sexta-feira, o carcereiro me mandou jogar fora as merdas que eu tinha produzido e acumulado no cântaro nojento durante mais de uma semana.

Nesse mesmo dia, quando eu olhei distraidamente a fechadura, eu vi que ela estava destrancada. Era bem na hora do almoço, quando o carcereiro dormia de barriga cheia em sua casa. Empurrei a pesada porta e saí mansamente pelos fundos da cadeia.

Foi assim que antes de inteirar um ano de reclusão no xadrez eu ganhei minha justa liberdade. A cadeia ficava do lado da Câmara, mas naquela hora, sob o sol escaldante, nenhum camarista seria encontrado nem perto do edifício. Era mais fácil encontrá--los sob a sombra das árvores frutíferas de seus quintais, com alguns negros refrescando seus rostos com um abano e uma e outra índia lhe pondo em suas bocas pedaços de ananás, ou de outra fruta qualquer. Não atravessei a praça correndo para evitar o perigo de ser visto por alguém, nem desci por uma das ladeiras que levavam para a Praia, onde a proximidade do porto e o comércio de todo tipo de vendeiro sempre reuniam muita gente.

Antes segui para o lado norte da cidade, evitando as terras planas que margeiam a baía e onde tinha muitos engenhos e nos quais não faltaria pessoa que me reconhecesse e alarmasse minha fuga. Desci então a colina para o lado norte onde ficava o Convento dos Carmelitas, me esgueirando por entre hortas e quintas, com um único pensamento, que era me aprofundar na mata densa e sentir o seu frescor e ouvir os seus barulhos, que tanta falta me faziam, metido tanto tempo naquele fétido cárcere e depois seguir sempre em frente naquele resto de dia e continuar andando no dia seguinte até chegar ao Rio Joanes, onde eu sabia que existiam muitos quilombos de negros fugidos e com índios misturados.

Passei dois anos entre as matas do Rio Joanes, do Rio Jacuípe, do Rio Pojuca, do Seco e do Salgado. Em todos eles havia quilombos. No do Rio Pojuca, eu estava lá quando chegou uma companhia pra capturar os negros. Houve luta, grande flagelo. Grande destruição. A companhia era formada na sua maior parte por índios flecheiros. No fim, as cordas que o capitão-do-mato tinha levado pra trazer amarrados os escravos não tiveram grande serventia, porque os negros foram quase todos mortos, grande parte deles pelos tacapes e flechas dos índios. Outros fugiram. Eu fugi também.

Foi quando eu fui bater nas cachoeiras do Rio Salgado, onde também vivi com os negros de um mocambo. Havia poucos homens nesse mocambo. As mulheres eram maioria e uma delas comandava a comunidade. Todos os dias eram bons no meio delas. Ela ensinava sempre a viver em paz, e dizia que um nasceu para ajudar o outro.

Quando eu recebia alguma ordem de um trabalho da chefe, eu executava com muito gosto. Assim também faziam os outros, naquela obediência. Um dia eu fui até ela porque eu estava gostando de uma das moças. Então ela me deu permissão, disse que podíamos nos casar. Mas teria de ser um dia alegre, com festejo, que era para todos ficarem felizes com o casamento. A moça se chamava Luísa.

Mas de novo apareceu um capitão com toda sua companhia de caçadores de escravos fugidos, exterminadores de quilombos.

– Bandos de mulas fujonas, estou aqui pra tocá-los pra sua faina de bestas. Tão com medo de carga?

Houve um começo de alvoroço entre os negros, mas aquela a quem todos obedeciam falou:

– Todo mundo aqui vai se conservar. Os orixás tudo podem e em todo o sempre dão sua força a seus filhos.

Ouvindo isso, a comunidade, um a um, foi-se juntando ao outro, ombro com ombro e mãos com mãos, até ficar um só grupo de pessoas.

O capitão continuou turrando:

– Vamos, tropa de alimárias. O que estão pensando? Peguem logo tudo o que é de-comer aí nessas cafuas, que já mando tocar fogo em tudo.

A líder fez sinal para os outros, animando-os a pegar os víveres. Tudo juntado, o capitão zurziu o chicote de seus arreios nas costas de alguns negros e os pôs dessa forma a caminho.

Tudo isso eu vi, escondido atrás de uma moita. E só arredei dali quando os auxiliares do capitão atearam fogo nas cabanas, e tudo ardia, e o barulho de meus passos no mato se confundiu com o crepitar do fogo que consumia, faminto, as palhoças.

Eu fiquei de novo sozinho nas matas. Mas nas minhas andanças eu acabava sempre dando em cima de um esconderijo de tapanhuns. Eu ficava por ali, me arranjava com eles. Com uns eu aprendi a gostar dos batuques. Foi no Rio Seco. Eles tinham um atabaque. Com eles varei noites em claro, dançando e comunicando com os espíritos. Quando eles vinham, tomavam conta do corpo de uma mulher que tinha santidade.

Eu gostava desses calundus. Eu agora penso nisso. Penso que um dia eu tinha ido na expedição de Fernão Carrilho para destruir o quilombo de Geremoabo. A história andou, e em lugar de destruir quilombos eu fui morar neles. Eu fui acolhido por eles quando eu fugi da cadeia. Assim como tinha sido acolhido no Rio Seco pelos negros fugidos. Eu queria que tivesse era uma expedição só de negros pra destruir Fernão Carrilho pra eu ir junto.

Também em Rio Seco vieram esses caçadores de escravos fugidos. Homens do feitio desse Fernão Carrilho, contratados pelos senhores das fazendas, gente graúda de Salvador. Quando eles chegaram no quilombo, foi mesmo que dar um tiro num pé de juá cheio de graúna. É pássaro pra todo lado. Bem assim fez o povo do quilombo do Rio Seco, e eu não posso dizer a vocês quantos se salvaram e quantos foram alcançados por seus perseguidores. Só sei que, dias depois, eu estava no Jacuípe morando com uns negros em outro quilombo. E a outra coisa que sei é que o atabaque que ressoava de noite era aquele mesmo que os negros do Rio Seco batucavam. Foi quando eu entendi que nunca iam poder silenciar a música do atabaque. Depois de toda matança e perseguição, de novo o atabaque aparecia pra fazer a união.

Também não tive sossego morando com os negros do quilombo de Jacuípe. Dessa vez fomos assaltados por uma tropa esfarrapada de mercenários, caçadores de escravos. Eram muitos e rapidamente cercaram as cabanas. Um homem que tentou lutar foi atingido por um tiro e deixou escapar seu último alento de vida a porretadas. O medo se espalhou. Todos se renderam. Avaliei a situação. Sentado eu estava, sentado eu fiquei, até que um dos caçadores, que depois soubemos que era o chefe, me laçou com uma corda e amarrou meus punhos, dizendo:

– Vou vender este bugre. Para este já tenho encomenda e pagamento adiantado.

Vigiados o tempo todo por aquele bando de contratados para buscar negros e índios pelos matos, passamos a noite daquele dia amontoados e amarrados no terreiro do quilombo, porque eles precisavam descansar antes de se porem em marcha, com sua penca de escravos, homens, mulheres e crianças, que eles acabavam de resgatar das matas.

De manhã o procedimento foi o mesmo que eu já tinha visto em outros extermínios de mocambos.

– Juntem as munições de boca que acharem nas tocas desses infelizes, botem nas costas deles, que é a carga que eles têm pra levar na viagem.

– E se algum deles fizer corpo mole, Capitão? – perguntou um subordinado, que estava sempre rindo.

— Se algum fizer corpo mole, você tem a minha permissão para açoitar o lerdo, seja com vara, seja com chicote.

A segunda parte do procedimento eu também já sabia:

— Antes de arribar deste covil de bestas, metam fogo em tudo, arrasem tudo.

Assim se fez, e assim deixamos para trás o mocambo na beira do Jacuípe. O que vi na hora da partida nunca esqueço. Foi um dos incendiários lançar o atabaque na fogueira. O instrumento encolheu-se no fogo que o consumia, e distanciando-se e olhando o que acontecia, alguns negros foram deixando por terra as lágrimas que caíam. Respingos sentidos que ficavam na terra, a mesma terra onde, nas noites tranquilas de luar, se dançava e se cantava ao som do sagrado batuque, que só por enquanto se perdia.

Bem antes do Rio Jacuípe encontrar com o Paraguaçu, o capitão tocou o comboio mais para a mão esquerda, nos afastando do caminho que ia abeirando o Rio Jacuípe e cortando pela mata até sair em Aratu, junto do engenho de bois de Jorge Antunes, com sua capelazinha de Nossa Senhora do Rosário. Daí seguimos ladeando a Baía de Todos os Santos, passando por numerosos engenhos, todos eles com sua capela ao lado, até chegar em Itapagipe, onde tinha o engenho de Cristóvão de Aguiar Daltro e uns currais de Garcia d'Ávila. Passando por ali, sem demora chegamos à cidade do Salvador, subindo por um caminho onde hoje é a Ladeira da Misericórdia, mas que naquele tempo ainda se chamava Fonte do Pereira.

Na praça, nos foi permitido sentar no chão, ao lado do pelourinho. Estávamos todos muito estropiados. O grupo tinha ficado menor, pois algumas crianças morreram pelo caminho, ou foram abandonadas no mato porque estavam doentes.

As mães que se recusaram a abandoná-las, agarrando-as com gritos dilacerados, tiveram que escolher entre seguir, ou morrer assassinadas ao lado de seus filhos doentes.

A notícia da chegada de escravos recuperados correu pela cidade. E apareceram seus donos pra recebê-los e também outros proprietários que contavam adquirir aqueles que por ventura não pudessem ser identificados e nenhum senhor reivindicasse sua propriedade. Havia, no entanto, os facilmente reconhecíveis pelas marcas a ferro que traziam no corpo.

Enquanto eu via meu grupo de negros diminuir e dispersar, minha preocupação sobre meu destino mais me inquietava, pois eu não sabia se dali eu ia sair como escravo de algum senhor, ou se de repente o capitão de Ordenança da cidade, ou mesmo o carcereiro, me reconheceriam e me reconduziriam à cadeia de onde eu havia fugido.

Estava nessa aflitiva dúvida, quando um homem branco e muito robusto atravessou a aglomeração, dirigindo-se diretamente ao capitão, que o recebeu com mesuras de subalterno.

– Trouxe a minha peça? – perguntou o senhor.

– Sim, Excelência. Eu não poderia decepcioná-lo – completou, e encaminhou-se com uns dez passos até mim. E me indicando com a mão espalmada, disse:

– Aqui está o negro da terra, peça valiosa. Não menos forte que dócil.

– A ver se compensa o que te paguei adiantado – disse o homem, examinando pela frente e depois fazendo gesto para que eu girasse, para avaliar-me pelas costas.

– Que diabos de requisitos tem este bugre, além destes músculos que não me fazem má figura? – perguntou o meu dono.

– Atende pelo nome cristão de Aleixo. Já viveu em missão de padres e conhece rudimentos da língua de Sua Majestade e de Nosso Senhor Jesus Cristo.

– Não me consta que Cristo falasse em português, mas se sua erudição está dizendo...

– Certamente que o português não era a língua materna de Nosso Senhor, mas Deus em sua infinita sabedoria conhece tudo – disse triunfante o capitão.

– Lá isto é verdade. Que Deus tenha piedade de mim e da alma deste bugre, se é que ele já tem uma, mas no que disseste tem razão.

– Louvado seja Deus, Excelência. Entrego a Vossa Excelência a encomenda, e quito-me da obrigação assumida.

O capitão entregou ao meu comprador a ponta da corda que ainda vinha atada aos meus punhos, dizendo:

– Leve-o pela corda, Excelência, e o faça caminhar atrás de vós para que logo apanhe o vosso cheiro e vos fareje e guarde aonde ides.

– Louvado seja Deus – concluiu o meu dono – e afastou-se.

Mas voltou-se dando três passos em direção ao capitão, dizendo:

– Da próxima vez que fores ao mato, quero que me tragas uma fêmea nova, mas não tão nova nem tão pequena que me venha a morrer sufocada debaixo dos meus cento e vinte quilos.

– Farei vossa vontade, Excelência.

– Deus seja louvado – despediu-se o meu dono.

Mas não me levou imediatamente para casa. Um acontecimento o reteve. É que naquele momento vimos entrar na praça outro comboio de presas, atraindo a curiosidade dos habitantes. À frente dos presos, distinguia-se o comandante da expedição apresadora, homem conhecido, que vivia de caçar índios para vendê-los como escravos. Ao seu lado, reconheci imediatamente outro homem que pra mim não era um qualquer: mas era, nem mais nem menos, meu quase irmão e companheiro de muitas jornadas, Leonel.

Montando um cavalo, ele ombreava com o comandante, e logo eu concluí que a sua condição não era de prisioneiro, mas atuava ao lado do apresador.

Após eles, o tropel do comboio, comprimido de ambos os lados por guerreiros a pé e, após o comboio, outra barreira de soldados. Pararam no centro da praça e os presos sentaram-se no chão, esfalfados. Eram homens, mulheres de todas as idades e crianças.

O comandante foi cercado de alguns curiosos e de homens que se interessavam pelos sucessos do empreendimento. Meu proprietário deu na minha corda puxando-me para perto do estado maior do exército

Reparando nos prisioneiros, vi que os conhecia. Era povo da nação cariri, que moravam nas aldeias de Canabrava.

– Vieram por bem, capitão?

– Estávamos com espírito de trazê-los na paz, mas enfrentamos cruenta luta com a nação destes bárbaros – declarou o comandante.

E apresentando Leonel para todos, acrescentou:

– Este é o nosso Língua. Além de conhecer a fala desse gentio, porque é um deles, é também muito versado em português. Instruído por nós, ele apresentou com artes de diplomacia, e no idioma lá deles, todas as conveniências e vantagens de viver na civilização, mas os brutos preferiram nos fazer guerra.

– Houve baixa entre os seus homens, vitimados por esses bárbaros?

– Posso dizer que seríamos todos mortos e não teríamos trazido nenhum desses que vós avistais aqui não fosse a confiança com que nosso grande Língua Leonel, sendo ele também nascido do gentio da terra, inspirou naqueles selvagens trazendo-os para nosso lado.

– E da parte deles, houve alguma baixa por morte?

– Sim, matamos cento e oitenta.

Ouviram-se aplausos.

– Com a eliminação desses índios hostis, parece que o senhor e seus aguerridos soldados trouxeram finalmente o sossego para os fazendeiros daquela região de Canabrava.

– Sim. Mas não descansaremos enquanto não limparmos os caminhos por onde nós, vassalos do rei e guerreiros de Cristo, vamos levar a conquista até os confins desta colônia do Brasil.

Houve novos aplausos ao fim dessas palavras do comandante que, numa leve continência militar, finalizou a recepção dizendo:

– Mas agora me permitam sair, que vou ao governador pedir licença para a distribuição das peças.

Os homens de bem deixaram-no ir e se voltaram para o comboio de presas, andando no meio delas, examinando-as e avaliando-as, cada um procurando reservar para si os escravos de sua preferência. Alguns desses senhores haviam se engajado nessa conquista desde a sua preparação, dias antes em Salvador.

Eram os armadores da expedição de apresamento, que tinham contratado o comandante e este contratado os soldados e o Língua. Estavam lá também os que tinham entrado com o pedido de licença para a captura, e os que concederam a licença.

Tudo assim armado e realizado, tinha chegado finalmente o momento de cada um receber o seu quinhão em peças para escravizar, em dinheiro, em ferramentas, em resgates e presentes de vária espécie.

Meu amo permanecia por ali, trocando uma palavra com um e outro senhor. E eu ao seu pé, como um cachorro puxado pela coleira. Dali a pouco regressou o comandante com licença já obtida para fazer a distribuição.

Foi esta a hora de maior lamúria que já vi. A hora da apartação dos cariris. Nunca vi olhos tão espantados como os que percebi nos rostos daquelas mães e crianças, e moças e homens que eram arrancados dos seus, e atribuídos a tão diversos donos, perdendo-se uns dos outros daquele dia em diante, para nunca mais se juntarem.

O LÍNGUA

Isto aconteceu aos cariris tirados de suas aldeias em Canabrava e foi o que eu presenciei na praça de Salvador. Naquele tempo acontecia assim.

Mas curta e mal contada é a memória desta terra. Mesmo assim, não faltam aqueles que se lembram de coisas do passado e falam delas como aquele Frei Vicente.

Foi ele quem contou, e por suas palavras outros ainda ficarão sabendo, que os homens que viviam de caçar índios no mato levavam os que apresavam para Salvador, e lá apartavam os filhos dos pais, os irmãos dos irmãos, e a mulher do marido, levando uns o capitão da tropa. Outros, os soldados. Outros, os armadores. Outros, os que impetraram a licença. Outros, os que a concederam. E todos se serviam deles em suas fazendas, e alguns os vendiam, e quem os comprava, pela primeira culpa, ou fugida que faziam, os ferrava na face, dizendo que lhe custaram seu dinheiro, e eram seus cativos.

Isso é verdade, e eu presenciei quando assim mesmo fizeram com os cariris. Mas nem todos que participaram dessa guerra contra eles receberam pagamento em escravos. Índios cristãos receberam foices, machados, fazendas para roupa. Percebi quando Leonel recebeu o seu pagamento em dinheiro. Vi o dinheiro passando das mãos do capitão para as mãos dele, quando eu deixava a praça, seguindo o meu dono, que me levou para uma propriedade sua, onde eu ia trabalhar. Umas hortas e pomares no vale do Rio das Tripas, que hoje se chama Baixa do Sapateiro.

Não sei quantos réis Leonel recebeu em pagamento por ter participado como Língua e guerreiro na expedição que matou cento e oitenta cariris das aldeias de Canabrava e escravizou outro tanto.

Mas eu sei que alguns meses depois, indo com meu senhor à Praia, que é a parte de Salvador que hoje chamam Cidade Baixa, eu o via perambulando pelos comércios, sempre com as feições de quem não tinha dormido à noite, e sem nenhum centavo no bolso.

Parece que nunca mais serviu como Língua nas guerras aos povos da terra. Os combates agora se davam em terras muito longínquas. Os invasores já tinham chegado ao Piauí. Toda essa extensão mediterrânea, entre o São Francisco e o rio Parnaíba, os brancos já tinham devassado. Já tinham batido até nas matas do Maranhão e do Goiás, e por toda parte iam destruindo ou tangendo aldeias pra mais longe.

E continuei a vê-lo tempos afora, biscateando pela Praia ou pela cidade para viver. Outras vezes encontrei-o na Praia bêbado, ou implorando o que comer nas quituteiras. Um dia, passando pela praça, encontrei-o estirado no chão, ao pé da parede do palácio do governador. Não estava tão bêbado que não pudesse me falar. Parei para conversar um pouco. Meu dono não gostava que eu me reunisse com índios.

Cheguei perto dele e, examinando-o, fui dizendo:

– Jesus Cristo seja louvado, que se não estou enganado, este é meu finado amigo, Leonel!

Ao que ele me respondeu, persignando-se com as três cruzes:

– Pelo sinal da Santa Cruz, livrai-nos Deus, Nosso Senhor, de nossos inimigos.

– Vejo que você está mijado.

– Roubei água-benta e ela vazou-me pelo canudo.

– Vejo também que continuas religioso.

– Quero falar com Gabiroba, me leva no calundu. Tirar feitiço que me botaram.

O carcereiro apontou lá adiante e, antes que me visse, eu saí correndo.

Eu havia me livrado da cadeia graças ao meu senhor que havia me comprado. Como era homem de cabedal e prestígio, usou de sua influência para conservar-me com ele, prometendo ao ordenança, no entanto, que me traria debaixo de toda obediência, e bastava qualquer desordem ou insolência das minhas, que eu teria de ser devolvido aos cuidados da carceragem.

Meu senhor não estava disposto a perder o dinheiro com que me comprara, por isso garantiu ao ordenança:

– Vossa Excelência saiba que, se este homúnculo cometer alguma perturbação da ordem pública, ou privada, eu lhe darei um castigo tal que os senhores terão de recolher ao cárcere apenas um cadáver.

– Pois saiba mais Vossa Excelência – finalizou o ordenança – que, nesses termos, e respeitados os gravames supracitados, este brasiliano pertence ao Reino e ao governo desta Colônia Real, e o senhor tem dele apenas a custódia, até que venha o último momento da vida dele.

Saímos da Casa da Câmara onde esse acerto foi celebrado. Como me lembrasse do fedor e podridão que era a cela da cadeia, eu concluía que qualquer senhor, por mais cruel que fosse, era melhor que ficar preso.

Assim, enquanto Leonel tinha liberdade para andar passando fome, ou caindo bêbado aqui e acolá, eu continuei trabalhando para o mesmo senhor. Nos primeiros tempos, eu era muito vigiado pelo feitor, que também tinha negros sob seu comando, e me dizia sempre que todos eles iriam atrás de mim, se eu fugisse.

– Se te fizeres de mofino, bugre velho, e deres no pé, não penses que vamos sair daqui para trazer-te de volta. Vamos atrás de ti, mas é para matar-te.

Com essa promessa do feitor, a do meu senhor e a do ordenança, desfaleceu-me todo ânimo de fugir. Mas os orixás um dia fariam por mim.

Escutem agora o que aconteceu com Leonel.

Como a provar que a fortuna nunca alcança o homem bêbado, o destino que suavizou a triste vida de Leonel chegou para ele num dos raros dias em que se encontrava sóbrio.

Aconteceu que Leonel estava no porto, ao pé do caminho de carro por onde subiam os volumes grandes desembarcados para a casa da alfândega, que naquele tempo ficava na mesma praça da casa do governador, da câmara, da cadeia e do pelourinho. Subindo esse caminho já pelo meio, rangia um carro de bois carregado de engradados de porcos, quando um dos engradados desprendeu do carro e rolou caminho abaixo e o carreiro, sem poder fazer nada, ficou só olhando o engradado em que ia um dos melhores porcos, saltando cada vez mais veloz, até que por fim chegou ao pé da ladeira, espatifando-se todo, e o porco se viu livre, e ignorando o que acontecia, continuou em desabalada corrida pela praia, tão ou mais rápido quanto descera a ladeira dentro do engradado, e marcou na direção do engenho dos jesuítas de onde o carreiro o tinha tirado para levar ao chiqueiro do Colégio, que ficava na Cidade Alta.

Leonel não pensou duas vezes, e se lançou atrás do porco numa arrancada que não deixava dúvidas que ele tinha tomado a resoluta decisão de pôr as mãos no porco, custasse o que custasse. Acostumado na lida de correr atrás de homens pelo mato, enfrentando paus e pedras, parece que tomou a corrida atrás do porco como um desafio. E partiu. As pessoas que viam o porco passar e logo atrás o perseguidor, davam gritos de "pega"! "pega"! "pega"! "pega ele, porco!" E Leonel passava como um raio por todo mundo até que por fim, esbaforido, mas tomado de tenaz determinação, foi alcançando o porco, até o ponto em que mergulhou no chão para agarrar a perna do fujão – e agarrou.

Ignorou os estridentes e quase insuportáveis reclamos do animal, jogou-o nas costas, e voltou com ele para entregá-lo a quem pertencia.

Nessa hora, eu estava também subindo o caminho e, ouvindo os gritos do porco atrás de mim, virei-me e reconheci Leonel, que subia com o animal nas costas. Esperei-o até que se emparelhasse comigo. Ele contou-me sobre a corrida atrás do porco e eu lhe fiz companhia até o portão do Colégio.

Não conseguiu alcançar o carreiro, mas chegou ao Colégio em tempo de salvar o homem de uma rigorosa reprimenda que o padre Celestino lhe passava, por ter deixado o engradado do porco despencar do carro, com prejuízo para o Colégio e para a Ordem.

Bem no momento em que o pobre homem ouvia as ameaças de pagar pelo prejuízo, chegou Leonel com o porco nas costas. Padre Celestino lançou um olhar de santo para o céu e benzeu-se aliviado.

– Passa filho, passa – disse ele, indicando a entrado do portão para Leonel, e assinalando o chiqueiro onde devia soltar o suíno.

E voltando-se para o carreiro, que também era índio, disse-lhe:
– Vamos, vamos, acabe logo com isso. Leve os outros para o chiqueiro e volte para o engenho.

E dirigindo-se para Leonel, que voltava do chiqueiro:
– E tu, parece que tens jeito para porcos. Sabes matá-los?
– Sei.
– Trabalhas para algum senhor?
– Não.
– Tens alguma ocupação?
– Só quando tem guerra ou se vão buscar índios ao mato.
– Sabe matá-los também?
– Eu sou Língua. Mas também mato.
– Fique, então, no Colégio, para tomar conta das criações de mesa. Vais trabalhar aqui. Terás um catre para dormir. E comerás os restos, com parcimônia. Como Língua, poderás ajudar na compreensão dos meninos índios que nos chegam aqui ainda brutos. Ouvirás missa aos domingos e nos dias santificados, e proíbo-te de beber aguardente.

Eu ouvi essa conversa postado na frente da junta de bois que puxava o carro e estavam inquietos dando trabalho ao carreiro. Quando Leonel passou do portão para dentro, o sacerdote o fechou, mudando desde então a sorte do meu amigo.

Já era tempo de o carreiro mandar os bois puxarem o carro. Eu saí junto com ele.

Mas Leonel não cumpriu de todo as regras estabelecidas quando o padre Celestino o introduziu no Colégio, para os trabalhos na bela e aprazível quinta dos padres. As suas cercas desciam até o mar, e os navios chegavam tão perto, que os volumes grandes que chegavam do Reino para os padres entravam pelos fundos mesmo da quinta, içados dos navios por um sistema exclusivamente dos religiosos: era o assim chamado "guindaste dos padres".

E nesta quinta, provida de uma fonte e de uma bela vista para a baía, estavam todas as ocupações de Leonel: vacas, mulas, porcos, galinhas, patos, gansos, ovelhas e outras criações originárias da terra. E mais os pomares e as hortas.

Somente não foi constante na obrigação de não tocar em aguardente. E isso os padres não podiam tolerar.

Um dia, eu estava passando na frente do Colégio e me deparei com Leonel, deitado ao pé da parede da igreja do Colégio, que era um formoso templo, todo construído de pedra e cal de ostras, que era tão boa como a de pedra de Portugal e ostentava robustos portais de pedra e portas de angelim forradas de cedro.

A fortaleza do edifício em tudo contrastava com a fraqueza de Leonel. O seu estado era deplorável. O corpo estava totalmente desarmado, entregue ao calor do sol e das pedras e trazia muitas marcas de açoite. Os dentes estavam quebrados, mãos e pés encardidos. E os olhos, parados, tinham perdido aquela esperteza fugidia que eu conhecia. E exibiam uma outra qualidade de cor que até então eu não conhecia, ou porque nunca tinha reparado, ou porque estivesse agora acentuada por força da luz do sol. Era que seus olhos tinham ficado esverdeados. Só então eu descobri o segredo daquele homem: ele era um mameluco.

Cheguei perto dele, lhe falei, conversei. Perguntei o que se passara. Ele me disse que bebera aguardente e ficara bêbado e os padres o açoitaram, quebraram-lhe os dentes a pauladas e o botaram pra fora do Colégio.

Perguntei por que ele permanecia ali e não ia para outro lugar. Ele me disse que já fazia três dias que estava ali, sem comer e sem beber, exceto uma ou outra coisa que lhe jogavam como cuspe. E que ia ficar lá até o dia em que os padres o deixassem entrar, pra cuidar dos porcos e das outras criações.

Eu disse a ele que ia procurar Gabiroba, porque aquilo era doença que tinham botado nele, e Gabiroba sabia quem tinha poder de desfazer.

Mais eu não podia fazer, e isso foi o que eu disse pra ele e fui-me embora.

No dia seguinte, indo fazer uns mandados de meu senhor, tornei passar no Colégio, mas Leonel não estava mais no lugar onde estava no dia anterior. Perguntei a uma carola que entrava na igreja sobre um homem que estava como morto naquele chão, e ela me declarou que os padres o haviam botado pra dentro do Colégio.

Nas matas do Rio das Tripas vivia um negro forro e sua mulher também forra, numa propriedade de um fazendeiro que plantava fumo. Esses agregados davam calundus. Quem comandava era uma negra calundureira que morava mais afastada. Vinham também escravos e escravas e índios de umas propriedades espalhadas na região. O dono da fazenda era um senhor tolerante com as reuniões na sua propriedade.

Era o lugar onde eu encontrava Gabiroba. Uma vez apareceu lá um rapaz que andava se escondendo porque, dizendo ele, tinham levado denúncia dele ao padre do Colégio.

Disse isso e tirou do pescoço uma bolsa de mandinga e me pediu, pela alma do Príncipe do Inferno, que guardasse a bolsa comigo, até que ele soubesse o que o padre ia fazer. Porque se o padre lhe pedisse audiência, ele não podia se apresentar com a bolsa. Porque aí era certo que o padre ia enviar tudo para o Santo Ofício e nem o rei das trevas podia livrá-lo da cadeia da igreja católica.

Disse ainda que as santas e infernais relíquias que trazia na bolsa tinham o poder de proteger seu corpo contra entrada de qualquer ferro, fosse faca, espada ou chumbo.

Que eu podia usar, que nenhum mal essas armas podiam me fazer, porque meu corpo estava fechado pra elas enquanto eu carregasse a bolsa.

Que se eu quisesse ir à desforra contra alguém, a hora era aquela, pois que ele me confiava a bolsa. E me entregou abrindo e mostrando os objetos sagrados que iam dentro: partículas de hóstias, um pedaço de pedra-d'ara, sanguinho, cera de velas e um papel com a oração de Nossa Senhora de Monserrat.

Nessa mesma noite eu disse pra Gabiroba:

– Amanhã eu vou-me embora. Se você quiser fugir comigo é amanhã.

– Eu vou também – disse Gabiroba.

No dia seguinte, me armei de um porrete, sem esquecer da bolsa de mandinga no pescoço.

Era na boca da noite, quando eu anunciei para o feitor que não recebia mais ordens dele. Tanto bastou pra ele crescer pra cima de mim, já puxando a faca. Dei um salto pra trás e disse:

– Hoje você vai morrer.

Mal acabei de dizer essas palavras, tive de aparar o primeiro golpe de faca. Ele se desequilibrou, mas veio pra cima de mim como se não ligasse pra meu porrete e riscou três vezes o vento com a faca, mas na quarta vez ele recebeu uma porretada na cabeça e caiu, sem ânimo de levantar.

Eu não esperei mais nada. Caí no mato e fui bater no calundu.

– Gabiroba, se matei não sei, mas deixei o feitor estirado com uma porretada. Me valeu esta bolsa, com suas relíquias, que me livrou do perigo da faca do feitor, que esteve em tempo de me matar.

Gabiroba também não quis mais conversa e foi dizendo:

–Tô pronto! Vamos embora antes que amanheça e venham atrás de nós. Vamos pra o lugar mais longe que existir.

Foi assim que, depois de muito andar por esses sertões, viemos parar nesses brejos do Rio Preto.

Não me levaram do rio Fumaça para o aldeamento de São Francisco Xavier, porque eu fugi com Dinaman, escapando dos padres João de Barros e Roland, que andavam pelas Jacobinas naquele tempo, fazendo ajuntamento de índios com a ajuda de um homem de armas chamado João Pereira e seus soldados. Eu consegui fugir, mas eles levaram meu filho, ainda menino.

Dinaman quis que nós os seguíssemos para resgatar meu filho, mas eu lhe disse que era melhor que fôssemos nos juntar ao nosso povo anaió, das aldeias que ficavam na barra do Rio Salitre. Eu disse que chorava por meu filho, mas também chorava por todos os outros nossos parentes que tinham sido levados juntamente com o menino.

– Vamos para as aldeias de nosso povo. Eles nos receberão e nos consolarão de nossa tristeza.

Dinaman concordou e disse:

– Contaremos ao nosso povo anaió como perdemos nossos parentes para o aldeamento dos padres e os nossos líderes decidirão o que fazer.

– Os fazendeiros das Jacobinas estão perseguindo e escravizando muitas nações de índios. Enquanto meu filho estiver no aldeamento dos padres, os fazendeiros não o levarão e nem o matarão.

Depois de assim nos entendermos, seguimos para o Rio Salitre, lá onde ele encontra com o São Francisco. Levamos vários dias para atravessar os campos tórridos e as solidões da caatinga extensa, quase interminável. Seguíamos como mudos, quase não falávamos em toda a travessia.

Um dia, Dinaman estava dormindo na sombra de um pajeú, quando uma seriema veio se aproximando sem dar fé de nossa presença. Eu peguei o arco de Dinaman e acertei uma flechada na ave. Quando Dinaman acordou, ele viu a seriema morta. Desde esse dia, passei também a caçar ao lado dele. No começo ele deixava eu caçar com o arco dele. Depois ele fez um pra mim.

Ele disse:

– Você caça melhor do que eu. Agora é você quem mata mais.

Foi por causa de minha habilidade com o arco que nós passamos a falar mais um com o outro. Nós falávamos mais era sobre os animais que caçávamos.

Ele contava que para fazer boa caça precisa saber como é o pensamento de cada bicho. Cada um tem seu jeito de viver. Um gosta de andar de noite, outros só andam de dia. Cada um tem as horas certas de mostrar sua voz. Uns falam cantando, outros gritando ou esturrando. Uns gostam de viver socado nas moitas, nos garranchos, como o chorrochó e as corruíras, outros gostam de ficar nas maiores alturas dos paus como o gavião. Macaco só quer saber de pular e fazer barulho. Já a pintada gosta do silêncio e de ficar deitada o tempo todo, estudando o que os outros fazem. O alimento que cada vivente gosta, e a hora de comer, e a hora de descansar. Precisa saber os paus onde cada um gosta de ir pra comer a flor ou a fruta. Tem o lugar bom de encontrá-los e a hora boa de matar cada um. Isso o caçador sabe.

Dinaman ia dizendo esses jeitos dos viventes e eu também sabia e dizia pra ele. Então ele ficou surpreso e falou assim:

– Como é que você sabe tudo isso, se você não é caçador?

– Eu sei sabendo. Me lembrando do que já vi e do que escutei dizer.

Ele ficou muito contente comigo. E o resto da viagem ia sempre brincando. De noite me assustava e me divertia e me dizia o que é que o homem gosta, que havia muitos bichos e ele era o bicho homem e que eu era a mãe do bicho homem.

Chegamos na ribeira do Salitre e fomos descendo. O Rio São Francisco já estava perto, a uma jornada de distância. Sol entrando, enxergamos fumaça subir das aldeias dos anaiós. Daí a pouco ia escurecer, e nós entramos debaixo de um juazeiro, bom para passar a noite. Limpamos um pedaço do chão onde íamos dormir. O rio passando ali perto. Fomos beber água e nos banhar. Saímos da água com o corpo refrescado e agradecido. Logo o mundo inteiro se meteu na sombra e nós nos encolhemos debaixo do juazeiro.

Mal amanheceu, metemos os pés para levantar e em volta de nós uns caçadores nos observavam. Tinham chegado silenciosos como a luz do sol que chega afastando a escuridão da noite. Enquanto eu esfregava os olhos para melhor me despertar, eles começaram a falar entre si, e eu logo entendi que eles falavam na língua dos caiapós, que é a grande nação dos anaiós.

– Somos do povo anaió, como vocês – eu disse, para verem que eu falava a mesma língua deles.

– Vocês têm as cores do cansaço no rosto.

– Fizemos viagem longa, depois que fomos apartados dos nossos no Rio Fumaça, na cabeceira do Itapicuru.

– Vocês sofreram, mas agora acabou o sofrimento. Vamos cuidar de vocês em nossa casa.

Ficamos alegres. E quando eu peguei o meu arco, eles se acercaram de mim, curiosos, examinando, espantados de me verem com jeito de caçadora. Depois desataram a rir, e dali em diante não tiravam mais os olhos de mim, admirados e alegres.

Quando chegamos à casa dos anaiós, fomos cercados por quase todas as pessoas da aldeia. Me olhavam com curiosidade. As crianças riam. Os velhos tomaram meu arco e admiraram. Examinaram as flechas que eu trazia às costas, no carcás. Eu empunhei o arco e engastei a flecha para lhes dar uma demonstração de minha pontaria.

Nesse mesmo instante, avistei voando em nossa direção uma renda de marrecas, que ia breve cruzar o céu onde estávamos. Ergui o arco, já soltando a flecha emplumada, que voou sobre nossas cabeças atalhando o destino de uma daquelas marrecas rouquenhas. Ao golpe da seta, a desafortunada recolhe as asas e cai a poucos passos de nós com o peito trespassado. Os anaiós ficaram admirados com minha flechada rápida e certeira e disseram que aquilo era coisa nunca vista.

Eu sabia que os anaiós sempre exaltavam a coragem de seus guerreiros e a destreza com as armas. Então eu mostrei o que devia ser uma mulher anaió. Ela devia amar as armas e ser guerreira e lutar ao lado dos homens guerreiros anaiós.

Nesse dia mesmo, o líder da aldeia me levou até sua cabana para me mostrar suas armas.

– Estes são nossos tacapes manacás, de duro cerne escuro construídos. Os punhos são recobertos destas palhas coloridas.

Eu tomei um manacá. Enquanto eu o admirava, ele falou:

– Com estes manacás entramos na luta com o inimigo, no corpo a corpo pra matar – e pegando uma curta lança que sobre um jirau repousava, disse:

– Agora, se a luta é à distância, e no corpo a corpo você não vai entrar, a arma que aqui fazemos é esta, e se chama azagaia, que é arma de lançar e não há povo em todo este árido e rude continente, que melhor que nós, povo anaió, saiba com ela lutar.

O LÍNGUA

Eu já conhecia a arma azagaia, porque mulher nascida anaió nenhuma pode a azagaia ignorar. Mas eu tinha que escutar. Porque não dura na memória o que sem repetição não se renovar.

Mostrou-me os arcos:

— De pau-d'arco e caviúna são estes arcos. São de muitas cores de palhas recobertos, e as pontas emplumadas.

Tomei nas minhas mãos um arco e meus olhos nunca tinham visto um daqueles de tão bonitos que eram.

Mostrou-me as flechas dizendo:

— Aqui fazemos estas duras flechas de taquara, que com penas coloridas de mutum, de jacutinga e jacupemba enfeitamos.

Tomei-as nas mãos e avaliei suas pontas. Eram cortantes e mortais.

— Agora veja estas, que não são feitas para varar, mas antes são de setas rombudas, para a caça atordoar e não ferir.

Tomei uma nas mãos. Ele esperou-me terminar de apreciar e tirou de minhas mãos as flechas rombudas, que com primor tinham sido feitas, e mostrou-me outras, dizendo:

— Agora veja estas, que têm as setas arpoadas, feitas de pau-d'arco e de airi, que se bem fisgadas, é difícil das carnes arrancar.

Tirando de minhas mãos a flecha de seta arpoada que eu admirava, ele disse:

— Deixe de lado as flechas arpoadas, que outras diferentes quero agora te mostrar. São estas de setas ervadas, que também fazemos, de substância venenosa embebidas, para a morte mais rápida apressar.

Esperou em silêncio que eu terminasse de examinar as flechas ervadas e disse:

— Agora vou te dar um presente. Veja ali aqueles belos carcases, de muitas cores tecidos. São para dentro deles você levar suas flechas. Tome um para você, o que mais te agradar. Ajuste-o bem às suas costas, e leve-o cheio de suas flechas quando for à caça, ou quando à guerra você for para o nosso povo defender.

Quando saí da cabana do líder, uma quantidade de crianças me cercou, me puxando pra suas brincadeiras. E assim comecei minha vida na aldeia dos anaiós, na barra do Rio Salitre.

Eu fazia o trabalho das mulheres na lide das roças, no preparo do alimento e do vinho da jurema e das frutas. Mas também eu tomava parte nas caçadas com os homens. Pratiquei os jogos de azagaia, participei dos torneios de lutas, eu vencia os homens ou perdia para eles. Durante todo esse tempo com os anaiós, Dinaman esteve perto de mim. Até o dia em que ele morreu na guerra.

Passados alguns anos, Ascuri chegou na aldeia com Cipassé e Yacui. A chegada deles reacendeu a dor que eu guardava pela perda de meu filho e também a esperança de tornar a vê-lo.

Ascuri me contou sobre a mudança que aconteceu no meu filho na convivência com os padres. Que aprendeu rapidamente o português e que vivia na igreja e pra cima e pra baixo com os padres. Disse que o nome dele agora era Leonel. O padre tinha proibido ele de dizer que se chamava Urutu. Depois disse que o meu filho tinha ido embora com os padres pouco antes de o aldeamento de São Francisco Xavier ser destruído pela tropa dos fazendeiros. E como ele, Ascuri, tinha fugido com Yakui e Cipassé.

Eu fiquei alegre por saber que meu filho estava vivo, mas fiquei triste por que me parecia que eu tinha perdido ele de outro jeito. Que ele tinha morrido pra mim, mesmo sem morrer.

Foi aí que nasceu em mim a vontade de trazê-lo de volta para as matas.

Ascuri falou:

– Não sei. Ele agora está com os padres. Está livre de morrer pelos fazendeiros.

— Está, mas é como se os padres fossem donos dele.
— Por quê? — perguntou Ascuri.
— Porque é o que eu ouço falar. Eles criam os índios. E quando os fazendeiros querem, os padres os entregam para guerrear pelos fazendeiros. Do mesmo jeito os padres também emprestam os índios para trabalhar para os mineradores.

— Agora que você falou é que entendi melhor — disse Ascuri —, eles estão emprestando os índios para irem trabalhar para os mineradores que estão cavando o chão, tirando sacos de terra com salitre. Dizem que para fazer pólvora. Depois vêm nos matar com essa pólvora.

— Os padres, Ascuri, pregam uma máscara nos índios, pra nunca mais eles nos verem. Pra nunca mais eles enxergarem a vida anterior deles. Com essa máscara eles nunca mais voltam. Eu queria buscar meu filho para arrancar essa máscara que estão grudando nos olhos e na cabeça dele.

Foi essa conversa que tive com Ascuri quando ele chegou trazendo notícias do meu filho.

Nesse dia Ascuri me viu chorar. Chorei bem ali, pensando que eu tinha perdido meu filho para sempre. Ele estando morto para mim e para meu povo, mesmo sem morrer.

Só me restava lutar. Entrar na guerra contra os fazendeiros. E depois de vencê-los ir buscar meu filho.

Mas os anos se passaram. Ascuri morando com Cipassé e Yacui. As duas mulheres dele. Depois elas foram para o mato e tiveram filhos. Depois elas voltaram com os dois meninos, filhos de Ascuri, já grandinhos.

E assim como fazemos para matar os peixes na tinguijada, atalhando-os com cerca nas enseadas dos rios e semeando na água as folhas venenosas do tingui antes de matá-los, do mesmo modo vieram os homens brancos de Salvador e nos acuaram em nossas aldeias, abrindo fazendas e semeando o gado que era como o tingui que comíamos antes de nos matar.

Primeiro infestaram as ribeiras do Itapicuru com seus currais, depois saltaram para a ribeira do São Francisco e foram subindo, sempre abrindo fazendas e lançando nelas suas sementes de gado, até que atingiram a barra do Salitre, onde tínhamos nossa morada. Eles mandavam seus vaqueiros e escravos. Erguiam uma cabana e um curral nos lugares onde fazíamos nossa plantação. No curral deixavam umas poucas novilhas e vacas e um touro. Mais além faziam outro, e outro e outro.

Porque éramos escorraçados de nossas roças, três vezes nos levantamos. Na terceira vez mataram todos os nossos guerreiros.

Primeiro nos batemos contra o inimigo nas terras dos currais de João Peixoto da Silva, nas margens do Rio São Francisco. A esse senhor se uniram o governador-geral Afonso Furtado, aquele que morreu pouco depois de supressão da urina. E Francisco Dias d'Ávila, e Domingos Rodrigues Carvalho, e Domingos Afonso Sertão, e o coronel Baltasar dos Reis Barenho, todos eles donos de currais, unidos entre si para despovoar os sertões dos povos que aqui viviam.

Domingos Rodrigues Carvalho foi o chefe da tropa que nos derrotou nessa batalha, prendendo e matando a muitos dos nossos, salvando-se os que nos dispersamos pelas matas, ou que fugimos nas canoas, como eu. Não ficamos certos se matamos alguns dos brancos dessa tropa. Ao certo sabemos que matamos ou ferimos oito índios que lutavam do lado deles.

Fizemos novos ataques, destruindo currais, incendiando cabanas e matando gado e vaqueiros. Então sofremos novo ataque do capitão Rodrigues de Carvalho. Dessa vez ele veio com maior poder. Comandava duas companhias de homens brancos e o reforço de cento e trinta índios aliados. Eles foram nos atacar nas aldeias dos guarguaes. Lutamos bravamente, mas nos dispersamos em fuga pelas matas, para não morrermos todos. Dez dos nossos foram capturados e vinte encontraram a morte.

Voltamos para nossas aldeias na barra do Rio Salitre, e resolvemos tirar nossas mulheres e crianças desse campo de guerra e escondê-las no lado pernambucano do Rio São Francisco, porque sabíamos que sofreríamos mais ataques, cada um deles mais forte do que o outro. E quando eles nos davam descanso é porque estavam atacando outras nações da terra. Então tínhamos que nos preparar para novas guerras.

Um dia nosso líder disse:

– Os fazendeiros estão abrindo fazendas para seus gados onde fizemos nossas roças. Vamos voltar e destruir os currais. E matar o gado. Assim os brancos saberão que não queremos que eles façam fazendas onde estão nossas casas e nossas roças.

Deixamos nossas mulheres, crianças e parentes, que não lutavam, do lado pernambucano do rio e voltamos para nossas aldeias na barra do Rio Salitre. Daí partíamos todos os dias para destruir os currais, matar os cavalos e o gado que encontrávamos ao longo do Rio São Francisco, de um lado e do outro. Botamos fogo em tudo, matamos vaqueiros e ajudantes.

Com isso, pensamos que os donos dos currais nos iam deixar em paz, porque nós estávamos mostrando a eles a nossa zanga. Mas eles não entenderam assim. E voltaram a nos atacar, ferozes como nunca tinham sido.

Nós os enfrentamos naquele lugar onde hoje é a cidade de Juazeiro, na beira do São Francisco. Dinaman estivera com alguns de nossos canoeiros na ilha do Pontal e tinham sabido pelos tamaqueús que os fazendeiros estavam vindo rio acima, com grande quantidade de guerreiros índios, aliados deles, para nos fazer guerra.

Nosso líder disse:

– Os inimigos estão vindo para nos atacar. Nossos guerreiros não esperam dormindo enquanto eles se aproximam para nos ferir com suas armas. Antes que eles cheguem aqui, nossas flechas e nossas balas vão barrá-los e fazê-los comer a terra do chão.

Os guerreiros anaiós aclamaram a decisão do líder com palavras e gritos de guerra.

Então, o líder voltou a falar:

– Cinco espias irão na frente para primeiro ver o inimigo. Três a pé e dois a cavalo.

Ascuri estava a cavalo e quis ir. Eu fui a pé com mais dois guerreiros. No mesmo instante que fomos escolhidos para espias, seguimos ao encontro do inimigo, para saber a sua localização, conhecer o tamanho dele e o valor de suas armas.

Ao romper do dia, demos com eles na beira do Riacho do Tourão, que ainda hoje chega com seu fio d'água na cidade de Juazeiro. Toda a tropa estava se aprontando para começar a jornada do dia. Imediatamente percebemos que eles formavam um exército muito grande e que íamos ter muita dificuldade com eles. Vi a movimentação dos cavalos. Calculei mais de cem cavalos, cada um com um homem branco ao lado ou já montado. Eram todos fazendeiros, munidos de espadas e armas de fogo.

Reconheci entre esses guerreiros brancos, um homem baixinho, dono de muitos currais, que se chamava Francisco Dias d'Ávila. E ao seu lado estava o grande matador de índios, talvez o maior deles e que os anaiós já tinham enfrentado em outras guerras. Era Domingos Rodrigues de Carvalho, capitão odiado por todas as nações do São Francisco. Além dos guerreiros montados, esses dois homens comandavam um exército formado de soldados negros e brancos e índios. Em número, igualavam-se ao efetivo dos anaiós, mas superavam em armas e cavalos.

Também fazia parte da tropa um capelão, já muito conhecido em toda aquela parte do São Francisco, desde Aracapá, que fica na frente daquela cidade que hoje se chama Cabrobó, até cá em cima, na Ilha do Pontal. E vinham os padres Tomé de Jesus, João de Santa Catarina, Pedro de Santo Tomás e o capuchinho Martinho de Nantes com os índios cariris de sua missão em umas ilhas do rio. Sempre iam à guerra esses padres para a tropa se confessar e comungar.

Quando foi da primeira guerra que fizemos aos fazendeiros, perguntamos a um prisioneiro branco o que isso significava e ele respondeu que não se podia duvidar que para a felicidade das conquistas concorre muito a quietação e sossego das consciências. Era para isso que os padres serviam. Não sei o que isso queria dizer. Só sei que depois de se confessar e comungar, eles vinham muito ferozes para a guerra. Pensei que se um dia fizéssemos um padre prisioneiro, obrigaríamos a fazer o mesmo com nossos guerreiros, para nos tornar mais valentes.

Quando já íamos arrepiar caminho para contar o que vimos aos nossos guerreiros, tivemos a má sorte de o cavalo de Ascuri, sentindo de longe a presença dos outros cavalos, soltar bem alto um relincho. Tanto bastou para os inimigos entenderem e correrem para nos pegar. Uma chusma de índios muito hábeis nos alcançou. Ascuri e o outro, depois de tentar fugir montados, se atiraram ao chão livrando-se dos cavalos para melhor correrem. Mas os índios do inimigo os agarraram. Eu e o outros dois, que íamos a pé, escapamos.

E aproveitando que eles já estavam satisfeitos com os dois que agarraram, eu voltei para espreitar o que iam fazer com os companheiros capturados.

Vi que os dois foram apresentados aos comandantes, e a seguir a uma rápida troca de gestos, um soldado, sem nenhuma razão, atravessou o corpo de Ascuri com dois golpes de espada.

Ascuri tombou e meu coração caiu com ele numa imensa dor. O assassino foi empurrado para trás pelo capitão, que passou a gesticular com o outro guerreiro capturado. Pelos gestos entendi que ele dava a nossa posição.

Corri de lá com todo o cuidado para não quebrar mato e atrair a atenção deles. A essa altura, os outros espias já estivessem chegando perto dos anaiós com as notícias. Segui a toda pressa para alcançar os anaiós antes dos fazendeiros. E quando os alcancei, contei logo sobre Ascuri e a morte fria que lhe deram os invasores.

Todos se enfureceram e gritaram por vingança, já se pondo em carreira para defrontar-se com o inimigo. Daí a um quarto de légua, topamos com os fazendeiros e o seu bando. Fizemos sobre eles um ataque feroz. Mas eles nos receberam com uma carga tão grande que tivemos de lhes fazer guerra sempre batendo em retirada.

Esgotada a munição, quase nada adiantaram os quarenta fuzis de que apossamos nas guerras anteriores. Diferentemente, o inimigo trazia muitas armas de fogo e muita munição que lhe mandara o governador.

Não podendo enfrentar o inimigo no corpo a corpo, nem a curta distância, com nossas azagaias, restou lutar com nossas flechas, e com elas seguramos o combate ao longo de uma légua e meia, sempre batendo em retirada.

Chegamos ao Rio Salitre, que atravessamos a nado, protegidos por muitos de nossos guerreiros entrincheirados do outro lado.

Transposto Rio Salitre, nos atiramos no Rio São Francisco, para atravessá-lo, certos de que o inimigo não poderia fazer o mesmo naquele momento. Primeiro alcançamos uma ilha no meio do rio, não tão longe que não pudessem ainda alvejar uns de nós ao pisarmos na praia. Dessa ilha passamos a outra metade do rio, e nessa travessia perdemos quantidade importante de nossas flechas.

Com o grande rio nos separando dos perseguidores, aliviamos a nossa marcha. Ficamos olhando para o outro lado, até que chegou a nado o último guerreiro. Cada um passou o nome dos companheiros que foram feridos e deixados para trás, ou que viram morrer. O nosso líder ouviu o que cada guerreiro quis dizer e informar. Eu disse:

– Mataram Ascuri, o que sempre trazia alegria. Ele já estava nas mãos do inimigo. Não esperava ser morto. Mas traiçoeiramente o mataram com dois golpes de espada que o atravessaram, quando ele menos esperava.

Outros contaram o que tinham visto, as mortes dos companheiros mais próximos.

E tendo ouvido a todos, nosso líder pediu que o ouvíssemos:

– O inimigo não venceu, mas já fez grande estrago. Matou cinquenta de nossos guerreiros.

Os anaiós entreolharam-se, comovidos. Uns disserem palavras de lamentação, choraram, e outros gritaram por vingança.

O líder voltou a falar:

– Na travessia perdemos muitas flechas. Não temos mais armas de fogo. Não podemos ficar aqui esperando o inimigo, que em breve vai atravessar o rio para nos pegar.

Os guerreiros, lastimosos, esperaram a decisão do líder.

– Vamos agora aonde estão escondidas nossas mulheres e nossos filhos. Vamos fugir com eles para muito longe daqui. Vamos para o interior da mata, afastados do rio.

Buscamos nossas famílias no esconderijo e fugimos todos juntos. Estávamos muito machucados e cansados. Com muito esforço, seguíamos pela mata, numa caminhada lenta e ainda mais difícil porque tínhamos muitos filhos pequenos.

Depois de alguns dias, chegamos na beira de uma aguada, que tem por nome Lagoa Achada, e de onde já se podia ver ao longe as serras do Piauí.

Mal chegamos neste lugar, o inimigo, que vinha seguindo nossas pegadas, nos alcançou. Estávamos mortos de fome e quase sem armas. Mas desta vez não fugimos, dispostos todos a morrer ao lado de nossos filhos e mulheres. Empunhamos nossas armas, prontos para reagir ao ataque.

Mas eles não atacaram imediatamente. Certos de que possuíam maior poder de destruição que nós, eles guardaram distância, e preferiram nos vencer sem arriscar nenhuma perda do lado deles.

A cavalaria formou uma barreira de dois blocos de cavaleiros ficando ao meio os dois capitães. Na retaguarda da cavalaria, uma multidão de soldados de toda qualidade, brancos, negros e índios, e todos muito bem armados.

Os dois capitães traziam um índio mameluco ao seu lado, a pé. Logo depois, vimos que esse homem era o Língua, o leva-e-traz que ajuda, com seu conhecimento das línguas, no entendimento das partes em guerra.

Para minha maior tristeza foi que eu vi daí a pouco quem era esse homem. Ai de mim! Antes eu tivesse recebido flechada mortal no coração do outro lado do rio e morrido sem reconhecer aquele guerreiro.

Quando ele, adiantando-se, falou na língua de nossa grande nação caiapó, que queria dirigir-se ao nosso líder para transmitir as vontades do capitão Domingos Rodrigues de Carvalho, vi as suas feições, estremeci e meu peito sofreu imensa perturbação.

Olhei para Dinaman. Ele tinha sabido muitas coisas sobre os guerreiros do capitão Domingos Rodrigues de Carvalho, quando esteve com os canoeiros entre os tamaqueús das aldeias do Pontal.

Entendendo a aflição que eu mostrava pelos meus olhos, Dinaman disse:

– É Leonel, que antes foi Urutu-gê, seu filho.

Fechei os olhos e maldisse minhas entranhas onde germinou a semente do invasor para me matar.

— Oh, traição! Tudo sobre a língua de sua mãe eu lhe ensinei, quando ainda era pequeno, e agora, esquecido, você a usa contra mim e contra meu povo.

O líder dos anaiós destacou-se dos nossos guerreiros e ouviu o que lhe mandara dizer o comandante dos fazendeiros:

— Deixem as armas. O capitão não vai matar ninguém.

O líder respondeu:

— Não façam fazendas onde temos as nossas roças. Nós vamos continuar guerra de matança de gado e curraleiros.

O Língua levou essa resposta ao comandante e trouxe para os anaiós o que o comandante disse:

— Nós somos súditos do reino. E Sua Majestade quer aumentar as fazendas, pra acudir os negócios do rei, que estão perdendo para o império holandês.

Nosso líder respondeu:

— Nosso alimento vive nas matas como o veado e o caititu. Também os bois vivem nas matas. Também caçamos os bois para nos alimentar.

O capitão respondeu:

— Muitos engenhos de Pernambuco foram destruídos e ficou mais difícil competir com o açúcar antilhano dos holandeses.

Nosso líder respondeu:

— Nós queremos viver sossegados nas nossas aldeias na beira dos rios.

O Língua voltou com a resposta do capitão.

— Também subiu muito o preço dos escravos que vêm de África, diminuindo a renda dos senhores dos engenhos da Bahia.

Ao que o nosso líder voltou a responder:

— Não queremos que venham para as matas onde sempre vivemos, e onde moram as caças. Nem queremos vocês nas veredas, onde sempre plantamos o que comemos.

O capitão de novo falou:

– Para salvar o reino, o rei manda alastrar as fazendas semeando gado, e buscar os metais escondidos, tanto nas serras quanto nos rios, e aniquilar quem embaraçar a vontade do rei.

Nosso líder disse:

– Vocês vieram para nos matar, então matem.

O Língua trouxe a última palavra do capitão e assim falou para o seu povo anaió:

– O capitão diz que dá a sua palavra de honra, que os deixarão livres para voltarem às suas aldeias, se vocês deixarem agora suas armas.

Nesse momento, o nosso líder voltou-se para nossos guerreiros disposto a deixar as armas. Enquanto ele consultava os guerreiros, e lembrando da morte a sangue frio que eles deram a Ascuri pouco antes, eu não acreditei na palavra do capitão e, sem que ninguém percebesse, eu me esgueirei por trás dos anaiós, e me escondi numa moita de onde eu podia na hora certa fugir.

Os anaiós baixaram suas armas, que foram recolhidas. E estando desarmados, o capitão deu a ordem para que os matassem. Cercados por uma multidão de soldados, os anaiós, assombrados, encontraram a morte: a tiros, a flechadas, a porretadas, trespassados pelo ferro das espadas, degolados.

Eram quase quinhentos os guerreiros e assim morreram todos.

Eu não fiquei na moita para ver a carnificina. Mal começaram os golpes e os tiros, eu fugi de lá. Eu não queria correr o risco de ver meu filho derramar o sangue do meu povo, nem o meu, que sou sua própria mãe.

Deixaram vivas as mulheres e as crianças. Elas foram postas a caminho, tocadas pelos padres e pelo capelão. Cada padre levou consigo algumas daquelas crias dos anaiós, para trabalhar nas suas missões e receberem os ensinamentos católicos e voltarem mais tarde, cedidas por eles mesmos aos fazendeiros, para nos matar. Outras foram distribuídas entre os fazendeiros do Rio São Francisco, como suas escravas, e recompensa por terem participado da expedição.

Passado esse triste dia, eu era uma anaió sozinha, seguindo pela caatinga em direção às serras do Piauí. Todos os homens de minha gente tinham sido mortos. Tinham sobrado as mulheres e as crianças, mas elas seriam apartadas e espalhadas e nenhuma teria mais notícia da outra. E acabariam por se findar umas aqui outras acolá, misturadas com gente de outras nações, com os pretos e com os brancos. Eu era a única pessoa do meu povo que seguia livre. Eu era agora todo o povo anaió livre. Com a minha morte, acabava o povo anaió. Um povo se acabava e eu nunca tinha pensado nisso. Lembrei da alegria que era viver com o meu povo. Me deu uma tristeza. Eu não sabia para onde ir. Eu não tinha mais meus parentes para encontrar. Eu não sabia o que fazer.

Então eu me lembrei de meu filho e me senti menos só. Eu quase me enganei com uma alegria. E logo desmanchou minha esperança, porque era ele que estava acabando com meu povo. Ele não fazia questão de ser anaió. Ele queria matar a metade anaió que havia nele.

Mas eu era mãe. Eu tinha uma doença. E eu sabia o que ele não estava vendo. Quem sabe um dia eu soprasse no ouvido dele. E ele entendesse e voltasse e procurasse os filhos dos anaiós que estavam dispersos pelas fazendas e ficassem de novo reunidos.

Eu segui sozinha, me afastando do Rio São Francisco, que era o lugar por onde os brasileiros e os portugueses mais faziam suas fazendas. Eu vi outras nações de povos mudando de lugar.

Do jeito que as pombas asa-branca passam de uma árvore a outra, não podendo pousar em sossego em nenhuma árvore, porque debaixo de cada uma um caçador está escondido com uma arma para matá-las, assim viviam os povos dos sertões, passando de um lugar para outro, porque em cada lugar faziam fazenda e vinha uma tropa de soldados que nos esperava pra matar.

Eu queria chegar em algum lugar longe das fazendas e dos brancos. Eu queria viver sem pensar em muitas coisas que eu não entendia desde que eles chegaram. Antes nosso povo vivia todos os dias de modo igual. Os invasores eram poucos no começo. Mas não pararam mais de chegar. Trouxeram cavalos, trouxeram os ferros que cortam ligeiro a aroeira. E os facões para abrir caminhos. Os povos dos sertões ou os enfrentam na guerra, ou seguem com eles, calados. Os povos dos sertões falam muito, mas só quando estão longe dos brancos. Quando perto dos brancos só ficam calados, vendo o que os brancos fazem e fazendo o que eles mandam.

Eu ficava pensando nessas e tantas outras coisas, andando dia inteiro pela caatinga, avistando ao longe as serras do Piauí. Eu queria esquecer tantas coisas. Eu queria que um povo da terra me deixasse viver com eles, mesmo não sendo anaió.

Por muitos anos vagueei por serras e baixões não descobertos. Vivi solitária, sempre me afastando dos rios, que é onde primeiro os invasores se instalam com suas fazendas. Aprendi o hábito dos viventes das caatingas e inventei tantos modos de enganá-los que eu nunca passava um dia sem ter uma caça pra comer. Se o meu filho soubesse o que eu sabia sobre o viver nas matas, ele deixaria as razões dos brancos e de suas guerras contra nós. Mas, por enquanto, ele vivia nas grandes aldeias dos brancos, no tempo do esquecimento.

Um dia eu cheguei num lugar e vi pegadas de gente e não demorou, eu ouvi fala, tanto de mulher como de homem e gritos de meninos. Eu entrei no rumo e fui dar com eles na beira de uma lagoa. Uns cachorros que me sentiram vieram latindo pra mim. Logo se destacou um pátio limpo, rodeado de grande quantidade de cabanas, morada de um povo numeroso.

Surgindo de todos os lados, um monte de gente me cercou. Eu fiquei parada em pé, segurando meu arco. Eu levava no pescoço um colar de sementes de mulungu e ossos de peixe e me cobria abaixo da cintura um avental de penas. Eu tinha as tintas de guerra que deixavam escuros meus peitos. Eu nunca ficava sem as tintas de guerra, porque quando eu perdi meu povo eu estava em guerra, então eu continuava me pintando, porque nossa guerra só ia acabar quando eu morresse. A guerra de meu povo não tinha acabado. Eu lutava por meu povo. Eu levava também meu belo carcás às costas, presente do líder anaió.

Eles falavam muito e giravam à minha volta. Entendi que eles queriam que eu falasse. Então eu falei na língua dos caiapós, a grande nação dos anaiós e eles me entenderam.

– Venho da barra do Salitre, meu nome é Ialna, do povo anaió.

– Por que está aqui, andando sozinha?

– Há anos lutamos em guerra com os fazendeiros.
– E onde estão os guerreiros anaiós?
– Na beira da Lagoa Achada nos alcançaram. Eles eram muitos e bem armados. Mataram todos os nossos guerreiros, depois de trato enganoso. Ficaram com vida as crianças e as mulheres, que eles levaram. Agora tenho medo que vocês me matem.
– Não matamos os povos da terra em guerra que não é nossa.
– Esta é a terra de seu povo? É aqui que vivem?
– Não somos daqui. Somos o povo pimenteira, do sertão de Cabrobó. Estamos fugindo dos brancos. Eles ficaram nossos inimigos, porque não quisemos ir com eles fazer guerra ao povo quesque do Pajeú.
– Tenho visto por toda parte povos da terra se aliar aos brancos pra lutar contra nós – eu disse.
– Vivemos em grande confusão. Escura é a nossa vida agora. Chegamos até aqui para viver o que nunca quisemos. Nosso sangue se misturou com o do branco e nascem homens sem rumo.
– Eu mesma sei disso, porque também pari filho de branco. Filho meu, que me carrega dentro dele esquecida. Eu queria trazê-lo de novo para as matas, para meu sangue, na vontade dele meu sangue se fazer valer.
– Aqui vivemos distante dos brancos, onde esperamos não venham nos incomodar. Nas grandes aldeias deles não vamos, e aqui nestas matas fechadas não queremos nem de longe os brancos avistar.
– Desde que perdi meu povo ando errante, e tenho medo de os brancos encontrar.
– Se você estiver com medo e aqui quiser morar, a sua vida errante pode agora se acabar.
– Medo eu tenho, mas da luta não fujo, se tiver de guerrear. Sei soltar a flecha com as duas mãos por igual, é só dizer o alvo que posso mostrar.

— Sei que você está cansada, e precisa descansar. Mas olhe do outro lado da lagoa aquele socó grande a pescar. Atire nele uma flecha, veja se pode acertar.

Já tinha errado muitos tiros de flecha em alvo até maior que um socó, mas, para meu espanto, aquele recebeu uma flechada quando soltava seu último canto. Os meninos correram para buscar o socó de asas abertas boiando na água, enquanto o líder dos pimenteiras me levava para uma das cabanas que ficou sendo minha casa.

Ao me introduzir na cabana ele disse:

— Se acertou em alvo tão pequeno, num homem branco nunca vai errar.

A aldeia dos pimenteiras estava assentada entre as cabeceiras do Rio Piauí e as cabeceiras do Rio Gurgueia. Socada no mato, distante de tudo, um lugar onde nenhuma gente branca tinha pisado. Com eles eu vivi sossegada durante muitos anos. Mas a lembrança de que um dia os brancos invadissem aquelas bandas era uma sombra que de vez em quando oprimia o peito dos guerreiros. Foi por isso que um dia o líder escalou seis rapazes e lhes disse:

— Três de vocês viajam para o Gurgueia e os outros três viajam para o Rio Piauí. Descubram por lá, de uma banda e da outra, se os brancos foram embora, ou se não param de chegar, espalhando suas fazendas.

Por mais de vinte dias estiveram viajando os rapazes dessa expedição. E quando chegaram contaram o que viram aos guerreiros reunidos na cabana do líder.

Então falou pelos outros um dos três rapazes:

— Nas ribeiras do Gurgueia cresceram muito as fazendas. Mais para o lado de lá chegando até a ribeira do Parnaíba e do Uruçuí, onde muito trabalho estão dando aos gueguês. Mas do lado de cá do Gurgueia tá virando também um mundo de fazendas, caminhando no nosso rumo. Mas ainda estão bem longe daqui os curraleiros.

Os que foram para o lado do Rio Piauí chegaram da viagem alguns dias depois e novamente ficou contente toda a tribo com a volta deles também. Os homens de guerra se reuniram na cabana do líder para saber dos rapazes o que tinham visto. O líder mandou que eu me reunisse aos homens de guerra. Quando eu cheguei para junto do grupo, ele disse:

– Entre nossos caçadores você sempre foi a melhor. Quando formos à guerra você será também guerreira. Então venha ouvir o que todos os guerreiros têm de ouvir.

Dizendo assim, mandou que o primeiro rapaz falasse.

– No Rio Piauí, o que vimos: por lá está muito diferente do que era naqueles tempos atrás.

– É – disse o outro –. Subimos por dentro até perto de Oeiras e de lá viemos acompanhando o rio no rumo das cabeceiras. Contamos quantidade de fazendas novas que nunca tínhamos visto. Estão espalhadas de um lado e do outro, e não tem braços do rio onde não bebam as boiadas.

– É – quis falar o terceiro –, de três em três léguas, vimos apartada uma fazenda, cada uma com rancho de vaqueiro, pela regra, branco. E mais ajudantes, esses sendo quase tudo negro tapanhum, quando não é índio ou índia.

– Até no pé da serra estão chegando as fazendas e já descem para o nosso lado – concluiu o que tinha falado primeiro.

Depois que receberam essas informações, o líder e os homens mais velhos se calaram e foram se reunir na cabana dos homens. Eles ficaram lá três dias. Saíram com a decisão de fazer ataques às fazendas.

Diante dos guerreiros o líder falou:

– Vamos atacar os invasores fazendeiros. Eles têm que abandonar as fazendas e ir embora. Se não os atacarmos, eles chegarão até aqui e nós perderemos as matas, que eles tomarão para seus gados.

"Eles têm que ficar com medo de nós e nos deixar onde estamos, em paz.

"Vamos meter medo neles, um medo tão grande que nenhum vai querer ficar mais nas cabeceiras do Rio Piauí, nem descer para nossas matas.

"Vamos atacar uma fazenda e vamos praticar em seu dono hediondas crueldades e tão horrendas que causarão pavor a quem as virem e terror a quem delas souberem.

"Então o medo de nós se espalhará por toda parte e ninguém mais ousará vir para nossas matas, e cada povo viverá sossegado em seu país."

Dias depois, cobrimo-nos das tintas de guerra. Nisso nos ajudaram as mulheres, realizando em nossos corpos os traços e cores de homens medonhos. Eu não duvidaria que à simples vista de nossa terrível aparência os mais corajosos tremessem.

Só faltava municiarmo-nos de nossas flechas, pegar o que tínhamos de ferro, facões e machados e marchar para as cabeceiras do Rio Piauí. Foi o que fizemos.

Má sorte teve aquele desafortunado fazendeiro português, chamado Faustino Ferreira, dono da fazenda Sítio da Aldeia, a última das vertentes do Rio Piauí, na divisa com Bahia, onde naquele tempo inda era Pernambuco.

Chegamos na fazenda desse desafortunado de manhã, já o sol alto. Cercamos a casa e o curral com luxo de poder e muita gritaria. Apelo nenhum eles tiveram, nem para pegar em armas. Pois os pimenteiras não lhes demos tempo. Eu trazia muita raiva represada desde que vi morrer os anaiós nas mãos covardes dos fazendeiros do São Francisco. Não tive pena nenhuma desse Faustino, nem de seus vaqueiros e escravos.

O primeiro foi o vaqueiro que, já laçado, falava e gritava muitos nomes a modo de ofensas. Dois guerreiros deram uma volta com a corda no pescoço dele e cada um puxou de uma ponta e a língua veio pra fora pra nunca mais palavra dizer. Morreu estrangulado, morte medonha, de que logo a vizinhança veio saber.

Um segundo vaqueiro havia, mameluco ao que parecia. Homem forte e ligeiro. Escorregou das mãos dos guerreiros que o sustentavam e se meteu a correr, negaceando para um lado e para outro e já ia escapando do cerco não fosse uma flechada que lhe entrou pela coxa.

Os guerreiros lhe disseram:

– Esse aqui é corredor. Vamos separar as pernas e os braços dele, que é pra não correr mais.

Morreu esquartejado. Arrancaram uma perna depois a outra. A seguir um braço após o outro. E não contentes com tanto sangue, com uma cutilada de machado separaram a cabeça do toco de gente que tinha sobrado. Deixaram tudo no mesmo lugar pra quem visse depois contar as partes e espalhar a notícia desde as cabeceiras até a foz do rio Piauí.

O fazendeiro olhando tudo, amarrado num mourão. Não lhe apavorava a morte dos outros, mas, sim, não saber qual seria a sua.

Faltavam ainda os dois negros. Amarrados nas forquilhas da varanda da choupana em que moravam, olhando meio por baixo, pareciam conformados. Quando pensavam que era chegada a sua vez, caiu-lhes do céu um presente, que foi ver que primeiro iam matar o senhor, que gostava de lhes aplicar chibatadas.

Se uma catástrofe dá alguma expressão ao rosto, era essa a expressão que tomou o rosto do português Faustino, na hora que os guerreiros caminharam em sua direção. E já subitamente abandonado de todo ânimo, o fazendeiro buscou alguma piedade nos olhos dos seus negros, os únicos ali que lhe eram familiares. Mas o que obteve dos negros foi uma cruel risada de desprezo e vingança.

O LÍNGUA

O que os negros jamais saberiam, é que esse desprezo se transmudou em um bem último para o fazendeiro. O português viu nesse desprezo a única explicação plausível para a morte cruel que ia receber. Porque ele escravizara e tinha sido cruel para aqueles negros, ele ia morrer supliciado como castigo de Deus. Assim pensei, quando vi uma súbita expressão de calma invadir o rosto do fazendeiro, substituindo a outra, de pavor, que antes esboçara.

Com o fazendeiro, inimigo maior dos pimenteiras, os guerreiros praticaram o suplício da morte demorada. Primeiro cortaram dois dedos da mão direita. Depois fizeram-lhe com um facão um corte na cabeça para tingi-lo de sangue. Depois lhe deceparam o braço esquerdo. E finalmente deceparam as suas partes vergonhosas. Como ainda vivesse, deixaram-no esvair-se em sangue até o fim.

Maior festa fizeram na matança dos negros. Amarrados nos troncos da varanda, não os feriram. Apenas atearam fogo na choupana, que era coberta de palhas e tinha as paredes feitas de estacas e estofos também de palhas.

Os dois negros foram esquentando, esquentando, e a água lhes saindo por todos os poros e suando e suando, até que secou e passaram a fritar-se. Por fim, veio abaixo o teto e eles ficaram por baixo enquanto as chamas encobriam tudo e se tornavam mais gulosas.

Morreram queimados. Nenhum dos dois emitiu um único gemido que pudesse ser ouvido.

A história de sua morte, no entanto, foi ouvida e sabida por toda a população das ribeiras do Rio Piauí e até da Capitania. Mas a morte que mais comoção causou, e que encabeçava essa história, foi a do proprietário Faustino Ferreira.

Tínhamos vindo desmanchar o que os invasores faziam, para assim afugentá-los das ribeiras do Piauí e não deixar vivos os criadores nem seus gados. Flechamos e matamos os bois e vacas e bezerros. Depois de matar as cabras, pegamos cada uma e espetamos nos paus da cerca que sobraram depois que ateamos fogo em tudo.

Quando deixamos a fazenda, olhei para trás e vi tudo fumegando, e as cabras espetadas destacando-se no alto das cercas, entre bois e cavalos mortos pelo chão. Quem viu aquilo levou a notícia pelas casas, do sertão até Oeiras.

E foi assim que os moradores começaram a abandonar as fazendas. E os fazendeiros vieram atrás de nós, com suas tropas armadas.

Nas cabeceiras do rio tem uma cidade que hoje chamam Caracol. Ali era uma fazenda que tinha por nome Formigas. Nós estávamos morando a sete léguas dessa fazenda. Nós a atacamos com os mesmos estragos de sempre.

Uma tropa veio nos combater. E descobriram a nossa aldeia. Foi a primeira vez que eles viram um lugar onde morávamos. Mas não nos encontraram porque já tínhamos mudado de lá.

Vivíamos mudando de lugar, socados nas matas onde os brancos nunca tinham pisado. Mas nossos espias, mandados sempre pelo nosso principal bater as fronteiras, traziam notícias de magotes desses fazendeiros com homens armados vasculhando toda a região pra nos caçar. Eles deixaram rastro de um lado a outro do sertão. Descendo pelo meio do sertão do Rio Piauí, chegaram até o São Francisco, depois, subindo de volta, devassaram Parnaguá, na beira da grande lagoa. Eles levavam meses e anos nessas volantes e voltavam sem notícia nenhuma de nosso povo.

Nosso líder reuniu os guerreiros e disse:

– Eles estão batendo muito aqui em cima, nas cabeceiras do rio. Vamos descer o rio e mudar para muito abaixo daqui.

Assim fizemos e tempos depois nesse lugar atacamos a fazenda que tinha nome de São Lourenço. Matamos o vaqueiro e dois ajudantes. Queimamos casa e curral e matamos a criação que achamos.

Nosso líder reuniu os guerreiros e disse:

– Aqui tem muitas fazendas e muitos moradores. Logo eles vão se juntar e virão nos achar. Vamos voltar para as cabeceiras, perto das serras que descem para o São Francisco. Lá é longe e não vão nos achar.

Então voltamos para as cabeceiras do Rio Piauí. E por nove anos, moramos na beira do Riacho Cavaleiro. Ainda hoje esse riacho, que na estação das águas despeja as suas no Rio Piauí, tem o mesmo nome de Cavaleiro e fica no município de Dom Inocêncio.

Nesse lugar nos achou o comandante da tropa do governo, com uns cinquenta homens bem armados. Hoje é que sei que o nome desse comandante era Inácio Rodrigues de Miranda.

Eu me lembro muito bem do assalto que fizeram, porque foi nesse dia que nós choramos a morte dos nossos primeiros guerreiros. A tiros de espingarda pederneira, eles mataram quatro de nossos homens e ainda levaram presas outras pessoas, que eles repartiram entre os fazendeiros: cinco mulheres e seis crianças. Pegos de surpresa, não tivemos tempo de reação. Apenas dois soldados foram feridos a flechadas e nem assim morreram.

Fomos nos esconder naquela serra grande que fica do lado esquerdo do rio e que hoje chamam de Bom Jesus do Gurgueia. Por oito anos moramos nessa serra sem ser descobertos. De lá descíamos para atacar as fazendas.

Um dia, o nosso principal reuniu os guerreiros e disse:

– Nossos espias desceram e subiram o Rio Piauí e contaram vinte e sete fazendas abandonadas, porque metemos medo nos moradores.

A esta notícia, houve manifestação de alegria entre os guerreiros.

– Mas escoltas de homens armados estão cruzando os sertões para nos encontrar – disse nosso líder, alertando todos nós.

"Eles vêm abrindo caminhos, descobrindo os lugares de pastos bons para seus gados.

"Já chegam perto de nossas aldeias e não demoram pra nos achar.

"Deixaremos estas serras, há lugares mais escondidos no rumo de Parnaguá."

E assim descemos para as terras do Rio Paraim, o que atravessa suas águas pelo meio da grande lagoa sem se misturar. Oito anos vivemos nas ribeiras do Paraim, sem ser descobertos pelos nossos perseguidores, que de nós só foram ter notícia quando atacamos as fazendas Serra Vermelha e Olhos d'Água.

Depois desse ataque, nosso principal reuniu os guerreiros e disse:

– Agora que atacamos duas fazendas, o inimigo sabe onde estamos. Não vamos esperar que cheguem para nos matar.

Voltamos para as caatingas que começam no sopé da serra de Bom Jesus para o lado do nascente.

Quem hoje passa naquela cidade que fica entre São Raimundo e a Serra de Bom Jesus e que se chama Coronel José Dias, ou mesmo aqueles que vivem nela, talvez não saibam que o seu nome homenageia aquele homem que encerrou para sempre a existência dos índios pimenteiras nos sertões do Rio Piauí.

Pois onde hoje é esse lugar, foi que escolhemos para morar quando voltamos do sertão de Parnaguá. Construímos nossas cabanas junto de uma lagoa, que cercamos com paus tão juntos e fechados que animal nenhum podia varar e muito menos a cabeça de um homem. Para entrar, só por duas entradas se podia, e cada uma muitos cachorros guardavam, e se latissem, logo as primeiras cabanas bem próximas das entradas acudiam.

O LÍNGUA

Cento e cinquenta homens José Dias comandava, mas tendo repartido a tropa em três divisões caçadoras, só a que ele conduzia foi que nos descobriu. Já pressentidos pelos nossos cachorros, lançaram-se todos ao mesmo tempo no assalto.

Fizemos-lhes corajosa resistência, com prejuízo de muitos dos nossos, que caíram mortos. E os demais fugimos, que eles, sendo poucos soldados, enquanto enfrentavam a resistência dos nossos, nos deixaram escapar.

Por um dia nos perseguiram, mas nós, melhor do que eles, sabíamos romper pela mata fechada. Até nossos filhos pequenos sabiam correr mais rápido que eles no meio da jurema. E ao fim do dia, estropiados, desistiram de nos seguir. Mas tinham matado dez de nossos guerreiros e aprisionado outros onze. Do lado deles nenhum guerreiro tinha morrido.

Essa fuga nos levou de novo até o lugar onde hoje é a cidade Caracol. Havia por lá uma lagoa que chamavam Bonsucesso. E foi perto dela que nos escondemos. Contamos as luas, e no final de doze meses, fizemos o nosso último ataque às fazendas das cabeceiras do Piauí. A fazenda Jiboia. Não havia ninguém. Não encontramos dono nem encarregados. Achamos quatro vacas, sem touro, sem bezerros. Alguém as tinha abandonado quando se foram, ou não as viram quando partiram. Matamos as quatro. Não encontramos resistência. Ficamos ali os dias necessários para acabar de comê-las. Ao fim, tocamos fogo no curral velho e na casa abandonada. Depois regressamos para a Lagoa de Bonsucesso.

O nosso líder e os guerreiros mais velhos passavam muito tempo na cabana dos homens. As mulheres traziam vinho e deixavam na entrada da cabana. Eles bebiam e fumavam.

Um dia, o nosso principal reuniu todo o povo e disse muitas coisas. Com voz comovida ele falou:

– Os invasores têm muitos e diversos combatentes. Nós nunca enfrentamos os mesmos. Eles sempre vêm com soldados diferentes. Não sei de onde saem tantos. Eles nunca acabam. Cada vez mais se unem para nos atacar.

"Nossos guerreiros estão sempre diminuindo. Nós estamos sempre sós. Nenhum outro povo se une a nós para lutar. Cada povo em sua aldeia luta só.

"Eles lutam com armas de fogo, certeiras, que nos atingem de longe. A munição deles nunca acaba. Têm facas de ferro afiadas e as compridas chamadas espadas.

"Nossas armas são as flechas, têm pouco poder de matar.

"Em cada batalha nós perdemos nossos homens e eles não perdem nenhum dos deles.

"Demos golpes e assaltos nas propriedades deles, que é a guerra que podemos fazer.

"Mas cada vez eles vêm mais fortes pra defender as suas fazendas e por causa delas só param quando nos exterminar.

"Pensem em quantos guerreiros nós tínhamos, olhem agora quantos somos.

"Perto está o nosso fim.

"Já não temos pra onde ir, todo o sertão de fazendas está tomado.

"Vejo que está chegando o dia em que o serviço eles vêm terminar. Sem força para resistir, só nos restará de novo fugir, até o dia em que, olhando para o lado, aquele que restar de nós nenhum pimenteira vai enxergar.

"Cada um nesse dia, ou se entrega como escravo, ou pelo sertão sozinho vai vagar.

"Mas lembrem-se de nossos ancestrais corajosos e de todos os guerreiros de nossa aldeia que lutaram e morreram por nós. Eles andam por aí, nas folhas que balançam, nos cantos dos pássaros, nos esturros da pintada. E na beira das lagoas e nas correntes dos rios e pelos caminhos das matas. Ainda serão escuros os dias para os brancos."

Alguns dias depois que nosso principal nos falou, sofremos novo assalto. Os soldados de José Dias nos cercaram junto da Lagoa de Bonsucesso onde estavam nossas casas. De todos os assaltos que sofremos, esse foi o mais raivoso. O que revelou maior sanha de matar e de nos fazer desaparecer das terras da Capitania. A tropa também era maior que todas as que tínhamos enfrentado. E havia cabos que empurravam seus comandados a nos causar os maiores sofrimentos.

Vi soldados travarem os pés das crianças com as mãos, e fazendo-as girar a toda força, batiam as cabecinhas delas contra os troncos das árvores. Com que fúria queriam nos extinguir!

Eu tinha visto os guerreiros de minha nação anaió morrerem depois de um trato enganoso e entendi o que era a traição entre homens guerreando. Mas, vendo o que estes fizeram com as crianças do povo pimenteira, eu não achei nada que me fizesse entendimento.

Todo o meu ímpeto para a guerra naquele momento se desfaleceu. Eu quase lancei ao chão o meu arco e as minhas flechas. Mas preferi fugir do campo de batalha. E como estas guerras se davam sempre perto ou no meio das matas, uma confusão enorme de tiros e nuvens de pólvora, e flechas voando, e guerreiros gritando, e choros, e ais, e fugas, eu me embarafustei no mato junto com tantos outros do povo pimenteira.

Morreram dos pimenteiras nesse assalto quinze guerreiros valorosos e vinte e seis foram levados prisioneiros. Nosso líder também foi morto.

O ataque tinha sido à tarde, e o inimigo, que tentou nos perseguir na fuga, vendo que não demorava para o dia se turvar, desistiu da perseguição.

Cansados e machucados, nos encolhemos no chão para dormir. Eu sentia uma dor enorme no peito. Eu era um socó com uma flecha atravessada nas minhas carnes. Nos meus olhos os soldados continuavam batendo a cabeça das crianças contra os troncos. Depois eu me lembrava das coisas e dos xerimbabos que tinham ficado nas nossas casas: os arcos, as flechas, as redes, os machados de pedra, trinta e dois cachorros, se estivessem todos vivos, seis papagaios, dois periquitos, dois canários, dois carcarás. Os soldados já deviam ter queimado tudo.

Ainda uma vez nos reunimos no Morro Pão de Açúcar, no município que hoje chamam de Bonfim do Piauí. Ali fomos atacados pela última vez pelas tropas do governo. Levaram prisioneiros os homens fortes e distribuíram pelas fazendas. Com os demais fizeram um aldeamento no lugar que hoje é a cidade São Raimundo Nonato.

No aldeamento muitos adoeceram e morreram. Outros foram roubados. E a cada dia fugia um, até que se foram todos, e passaram a vagar desgarrados uns dos outros pelas terras da Capitania, ou pra fora dela. Para os brancos nos tornamos como caças do mato, porque qualquer pessoa que nos encontrasse tinha permissão para nos apanhar, vender ou escravizar.

Como já tinha acontecido quando os anaiós foram batidos, eu passei novamente a vagar pelas caatingas, pelas serras e pelo leito dos riachos nos meses secos, ou pelas suas margens, nos tempos das chuvas.

E toda parte estava deserta daqueles povos antigos.

Onde estavam os acumês, que bebiam dos olhos d'água onde nasce o Piauí?

E os araiês do Parnaíba, por onde andam agora, que ninguém mais ouviu falar?

O LÍNGUA

E o que me dizem da grande nação acroá, a que primeiro destes sertões impôs barreira ao invasor ambicioso?

Oh, nação inumerável, que outrora dominava o Rio das Balsas, o Parnaíba e Uruçuí! E para além das serras do Gurgueia descia até o São Francisco, lá onde, unidos, o Grande e o Preto despejam suas águas. Oh, valentes acroás, quem acreditaria que um dia dariam fim à sua existência?

E você, maior que todas, nação dos gueguês, onde está agora? Sentem sua falta os píncaros das serras e as baixadas das caatingas. Não mais conduzem você pelas matas os caminhos do Maranhão, nem os da Bahia, nem os do Piauí. Nem lhe dão mais água para beber o Rio São Francisco, o Parnaíba, e os de permeio, assim chamados, de Gurgueia, Piauí, Paraim, Uruçuí. Não mais banham seus meninos o Grande nem o Preto, rios que depois de Santa Rita andam unidos. E, inconsolada, ainda guarda para você os peixes a lagoa de Parnaguá.

E vocês jaicós, que amavam as caatingas do São Francisco ao Canindé, quem de vocês se lembrará?

E você, nação xerente, último baluarte dos povos do Piauí, que fugindo do invasor tardio passou da fronteira piauiense ao oeste da Bahia. Será verdade que no Tocantins ainda vive?

Onde estão os xicriabás, de numerosas tribos? Vocês, que das aprazíveis margens do Rio Preto usufruíam, e que, honrando os antepassados resistentes, em tempo não muito distante ainda atacavam os tropeiros entre Goiás e Pilão Arcado.

Quem ainda se lembra dos camacãs de São Raimundo? E dos tapacuás do Gurgueia e Parnaguá?

"Todos mortos."

Assim parece que ouvi me responder uma voz das matas, quando eu descia a Serra da Tabatinga e suavemente seguia para o leito do Rio Preto.

Deixei para trás o mundo do pai de meu filho. O mundo das guerras dos brancos. O mesmo mundo que então eu queria que meu filho deixasse e que viesse para o mundo da mãe.

O que Ialna não contou é o que se passou entre ela e o filho, depois que ela chegou aqui no Brejo Fino, nas cabeceiras do Rio Preto. A história de como ela teve esse filho foi aquela que ela contou lá atrás. Como ela engravidou no dia em que sua tribo foi atacada.

Tem coisa que é bom a gente não ficar bulindo. Mas às vezes eu me pego a pensar. Olha: se é pra ter filho e sofrer o que essa mulher sofreu, eu vou dizer que é melhor não ter. Se bem que esse sofrimento todo só aconteceu por causa dos povos que vieram de fora.

Mas quem podia evitar aquilo? Ela era uma menina, sempre vivendo na paz com sua família, sua tribo. Desde quando os antepassados dela viviam aí? Não sei. Isso aqui era um mundo de povos, e sua história se conta é por milênios. Mas um dia eles chegaram, os portugueses. Essa menina estava destinada a viver naquele tempo, e produzir um filho com um deles, que até padre era.

Esse filho foi a semente que produziu a sociedade do Brasil. Agora, a planta que cresce carrega o mesmo mal da semente. É por isso que até hoje estamos assim.

Mas, pra encurtar a conversa: se esse padre antes guardava a castidade, eu não sei. O que sei é que ele não segurou o assomo do desejo. Mas naquelas condições era difícil. Você imagina uma menina nua nessas sombras, debaixo desse sol. Isso não era nada demais no meio do povo dela. Eles tinham as regras deles. Agora chega um de fora, que só anda vestido. Já por si contido em outras regras. Alguma coisa aí vai explodir. É o que eu acho. Porque quem está no mato não está na igreja. E que sentimentos movia esse homem para ele estar ali naquelas regiões desconhecidas? Diziam que estavam resgatando almas. Agora me diga, e o corpo, o que queria?

Olha, eu vou deixar esse território de cogitações, porque minha inteligência é curta e eu nunca vou entender dessas coisas.

Mas Ialna teve esse filho. E ela sofreu muito por causa dele. Agora, ninguém pede pra nascer. Porque se isso fosse possível, esse rapaz tinha preferido não nascer. Mas aí a história seria outra.

Então era assim, sofria a mãe e sofria o filho. Pra mim, quem devia sofrer era ele. Não ela. Porque o que ele fez é uma traição sem tamanho. Mas olha: todo juízo tem sua fraqueza. Porque no lugar dele não tinha escolha fácil. Pai e mãe apartados, se escolhesse um, tinha que matar o outro. Agora, eu te digo, por esta luz que me alumia, a escolha que ele fez eu não fazia. Ora, meu senhor, não está vendo que nunca ia matar minha mãe? Nunca!

Só que tem uma coisa: com isso, eu não estou dizendo que você deva acreditar em mim.

Mas pra ele foi difícil. Porque se tivesse escolhido o lado da mãe é certo que ele morria, como morreram todos os guerreiros de seu povo anaió. Mas o desprezo também mata. E é mais triste morrer pelo desprezo do pai que morrer defendendo a mãe. Isso é que é a verdade. Mesmo assim, Leonel ficou do lado do pai. Foi pragmático. Não é assim que o senhor fala? Pois ele foi o fundador do pragmatismo aqui entre nós.

O LÍNGUA

    Mas eu conheci Leonel, homem guerreiro, na beira do Vaza-Barris, quando cruzamos nosso sangue e desertamos das tropas de Fernão Carrilho que foram destruir o mocambo de Geremoabo. E junto com Aleixo lutamos ao lado de Cristóvão para libertar a aldeia de Natuba. Eu me lembro do dia em que fomos batidos em Natuba, e Leonel, virando as costas para o seu povo, acompanhou o capitão Domingos Rodrigues de Carvalho que lhe deu o posto de Língua de suas companhias militares. Me lembro como hoje, que eu vi o capitão distinguir Leonel com um cavalo, como Língua da companhia, e ele montou naquele cavalo enganoso, e bem ali ele mostrou que estava negando sua origem. Aquilo pra mim era desprezar o povo de sua mãe e se juntar ao mundo de seu pai. Eu vi ele subir no cavalo. Eu vi ele fazer esse erro. Eu não sei o que se passou dentro dele naquele momento. Mas me lembro o que se passou na minha cabeça. E foi que eu conheci, que a partir daquele dia, nosso pacto estava rompido. E assim parece que nos dispersamos para a vida toda, e não mais nos reconhecemos uns aos outros.

    Olha, eu só sei que o mundo do pai de Leonel cresceu. Cresceu muito com todas essas cidades que você está vendo por esse país afora, mas Leonel nunca mais teve lugar certo nesse mundo. Parece que até mesmo perdeu a lembrança de seu povo e de suas matas e nunca mais teve paz.

    E a mãe, que vivia pensando em resgatar o filho, só soube da escolha que ele tinha feito em Natuba, tempos depois, na frente da batalha, quando os dois, em lados opostos, se enfrentaram no sertão do São Francisco.

    Da dor da traição que sofreu naquela guerra ela já falou. Que dizer mais?

    Talvez você venha me dizer que a mãe dele, vendo tudo isso acontecer com ele, essa infelicidade, ela se conformou, vingativa, achando bom.

Pois eu digo ao senhor que isso não tem nem rumo. Eu é que sei, e aqui nesses brejos todos sabem, o sofrimento dessa mulher. Ela vivia numa paixão que nunca aliviava. Amor de mãe. E o dela era o amor de todas as mães juntas.

Eu já adivinhava o que ia acontecer. Ela ia querer mandar buscar o filho. Ou então ela mesma ia buscar. Estava só esperando a hora certa. Era como se ele dormisse e ela esperasse a hora do despertar. Ela guardava a memória com uma porta que na hora certa ia se abrir pra ele entrar. Nesse momento era o mundo do pai que ele ia renegar.

Eu imaginava essas coisas porque é assim que acontece. As coisas vão acontecendo antes de se apresentar. É como o olho d'água que antes de estufar por riba da terra, vinha correndo por baixo.

E assim aconteceu. Ela chegou e disse:

– Chegou a hora da viagem. Tira meu filho do esquecimento, que ele venha pra mim. Que o caminho da lembrança é longo, mas precisa começar.

– Onde ele está? – perguntei.

– Em Salvador.

– Eu mais quem?

– Vão os três. Você, João Lemos e Lourenço.

– E essa viagem, a senhora quer que se faça como é?

– Na ida vão como quiserem. Mas na volta, trazendo Leonel, é preciso que vocês venham a pé.

– Assim vai ser – eu disse.

– Venham pelas estradas mais encostadas nos rios, não importando a distância. Vejam primeiro as estradas que abeiram o Itapicuru e nas cabeceiras sigam passando por Bonfim, chegando cá no São Francisco pela barra do Salitre. Daí pra cá vocês já sabem. Abeirem o São Francisco até a cidade da Barra. Estando na Barra, não preciso dizer mais nada. Só falta subir o Grande e depois o Preto.

Eu ouvi tudo. E só tive jeito de me agasalhar na cadeira, olhando para a cara de Lourenço, depois para a de João Lemos. E os dois me devolveram o olhar como se dissessem: "Pra nós tá bom. Você é quem conhece, você é que sabe".

Então, Ialna continuou falando:

– O caminho de volta é longo, cheio de empecilhos. Gastarão dias que parecem anos nessa caminhada. E andarão como perdidos. Mas quando isso acontecer, vocês devem buscar no sol a inspiração, e sendo ao entardecer, quando a sombra triste baixa, é na lua que vão encontrar a inspiração e, na meia noite aflitiva, ouvirão pássaros noturnos e até aqueles que só costumam cantar de dia e em todos eles encontrarão também a inspiração para continuar em frente toda vida.

Confirmamos com a cabeça, em silêncio. E no dia seguinte arrumamos, cada um, sua pouca bagagem e partimos.

Meus companheiros nunca tinham estado na capital da Bahia, e eu já tinha perdido a conta dos anos que se passaram desde que deixamos Salvador e viemos morar nos gerais do Rio Preto.

A lembrança que eu tinha dessa cidade ainda era aquela do tempo em que dela fugi junto com Aleixo, desafiando com nossa fuga a impiedade de senhores poderosos, numa luta em que eu vi Aleixo morto, não fosse a proteção das partículas consagradas que numa bolsa de mandinga ele carregava.

Desse tempo pra cá essa cidade cresceu um mundo. Só quem sabe o que é isso sou eu, e mais umas bestas como eu, que saímos daqui desses brejos pra Salvador, pra buscar uma pessoa, levando endereço nenhum, sem ter a mínima ideia do canto em que essa pessoa se socou no meio de tanta gente, e carros zunindo em toda direção, e casas, e prédios que ninguém dá conta.

Mas é como diz a história: você viveu numa cidade pequena, conhecia tudo nela, e depois ela cresce, vira isso, e você pensa que ainda conhece e sabe tudo dela. Mas é engano. Mesmo assim, com toda a dificuldade que passamos naquela cidade-mundo, nós achamos o homem e nós trouxemos, conforme tínhamos ido buscar e ajustado com Ialna.

Agora, a bem da verdade, eu vou dizer que nós moramos em Salvador até o dia que encontramos Leonel. Porque levamos foi dias para conseguir isso. Pra começar, eu não conhecia mais nada dos lugares, e meus companheiros muito menos, que eles nunca tinham andado lá.

O primeiro lugar que eu quis ver foi a Praia, que sempre era lugar de muito movimento, trabalhador andando pra tudo que é lado, aquela agitação. Era isso o de que me lembrava. Mas qual Praia que nada, senhor! O mar ficou longe e tudo é asfalto, com muito carro e gente e mais gente, de toda qualidade. E você não distingue quem está trabalhando e quem passeia.

Então eu disse:

– Pra esse lado vai para as Águas dos Meninos. Eu sei que ele gostava de lá. Vamos.

Estava tudo mudado. Ali também tinham engolido a praia. As pessoas que eu via agora por ali ficavam como coisa muito pequena, umas formigas, perto de uma área ocupada por enormes caixas de embarcar mercadorias.

– São contâiners – alguém me respondeu, quando eu perguntei o que era aquilo.

Desistimos da Praia e subimos por uma rua larga que vai dar no parque Campo Grande. E fomos andando pela Cidade Alta, onde eu vi que permaneciam umas igrejas ainda do tempo de onde eu vinha.

Nesse primeiro dia, passamos da Cidade Alta para a Baixa várias vezes, mal podendo procurar ver Leonel, porque era muita coisa para se ver e distrair. E quando foi de noite paramos na Baixa do Sapateiro, no mercado São Miguel. Comemos alguma coisa e achamos uma pensão onde dormimos.

Nos outros dias e semanas continuamos do mesmo jeito, passando de uma rua a outra, pelos becos e praças e ladeiras e cais do porto. E assim nos acostumamos a andar entre as gentes, do mesmo jeito que elas andavam, porque nos parecia que elas também estavam atrás de uma coisa, e todos os dias repetindo as mesmas buscas.

Mas já não tirávamos o sentido da pessoa que nós queríamos ver. Em toda parte ele podia estar.

Um dia, João Lemos, desanimado falou:

– Acho que nós nunca vamos encontrar Leonel.

E Lourenço arriscou:

– Vai ver, ele passa dentro desses carros, ou mora nesses prédios. E não seja gente pobre que dorme na rua.

Então eu lembrei a eles o que Ialna tinha dito:

– Entre o povo perdido e esquecido, zanzando pelas portas dos bares e dormindo nas calçadas, é onde vão encontrar meu filho.

Com essa única pista, nós passamos a observar todos os homens de aparência degradada, onde quer que eles se encontrassem. E examinávamos até mesmo aqueles que aparentavam algum grau de cuidado pessoal, mas que não negassem sua pobreza.

Eu não me arrisco a dizer a quantidade de miseráveis que topamos nessas ruas, nos becos, nas praças, nas ladeiras daquela capital. Reviramos tudo que era lugar. Não faltou mercado, porta de botequins, praias sujas, feiras, comércio de rua, nada. E em todos esses lugares enxergamos gente dessa qualidade, e eram tantos, que se juntassem num lugar só, formava era uma nação deles.

Um dia Lourenço falou:

– Talvez nesses bairros afastados, nesses lugares temerosos de onde saem essas notícias ruins, crimes.

Pensamos um pouco e eu disse:

– Vamos.

E aí foram dias nesses lugares. E não ficou feiras e porta de igreja que não fossem vasculhadas. Em Dom Avelar, em Tancredo Neves, Águas Claras, e Cajazeiras, e Cabula, e Paripe, e nada. Por todos esses lugares encontramos esses infelizes. Menos o que nós queríamos.

Então ficamos no centro histórico, que era onde eu atinava que ia achar Leonel. E cada dia a gente montava observatório num ponto diferente. Na Ladeira da Preguiça, da Misericórdia, Ladeira da Conceição, do Taboão, Ladeira de Santana. Outro dia era no Mercado do Peixe, na Feira de São Joaquim, no Mercado São Miguel, e nada.

Nessas ladeiras é onde ficam todos os dias esse povo pedinte. No fim do dia, você vê eles arribarem dali pra ir dormir no chão do Largo Dois de Julho, em Campo Grande, na Praça da Piedade e por aí vai.

Agora, o que eu não posso entender é por que nós demoramos tanto pra ir procurar nosso homem no Largo de Jesus. Eu não sei. Parece até que estava determinado pelo destino que a gente tinha de passar por todo aquele aborrecimento e toda aquela canseira. Tenho pra mim que tudo nesse mundo tem uma serventia e uma necessidade.

Pra encurtar a conversa: Leonel não saía do Largo de Jesus. Ali ele passava quase o dia inteiro e de noite dormia no pé de uma das portas da Catedral Basílica, antiga igreja do Colégio Jesuíta, velha conhecida dele.

Foi o que soubemos da boca dele mesmo, dizendo ele que tinha passado por muitos lugares e não tinha mais para onde ir. Que em nenhum outro lugar tinha encontrado sossego. E que seu último desejo, mas que ele considerava irrealizável, era que dentro da igreja, de junto das tumbas dos padres antepassados, ele fosse enterrado, quando o encontrassem morto ao pé daquela porta.

Acalentava esse sonho, embora soubesse certo que a qualquer momento morreria e ia ser enterrado como importuno indigente e com muita sorte achariam para ele algum cantinho dessa imensa terra dos seus antepassados, onde depositariam seus tristes restos.

Ouvimos com pesar essas estranhas palavras, e entre nós, num piscar de olho, nos entendemos que o juízo dele variava.

Foi aí que eu disse:

– Vamos embora. Sua mãe mandou te buscar.

– Eu não tenho mãe.

– Tem, sim, e está te esperando.

– Minha mãe morreu.

– Aquela ali nunca morre, e só tem braços abertos pra você.

– Não sei se vou.

– Pois pode levantar, que temos muito chão pra andar.

– É longe?

– Não. Só temos de andar das cabeceiras até a barra de alguns rios, atravessando tudo, até os confins dos matos da Bahia, onde vive e te espera, com muita festa e muita alegria, sua mãe.

– Mesmo que eu tenha tentado matar minha mãe?

– A alma dela é maior do que tudo que você possa imaginar.

Foi então que, com esforço e lentamente, ele se ergueu, pondo-se de pé. E eu, sem tirar os olhos dos olhos dele, tive a impressão que ele, no simples levantar, saía do fundo de um buraco fundo, onde fazia muitos anos ele morava.

Naquele mesmo dia preparamos nossa partida. No Mercado São Miguel compramos três quartas de farinha e dividimos em três sacos. Cada um de nós ia carregar um saco. Compramos linha de pesca e anzóis de dois tamanhos. E mais dez caixas de fósforos e três pares de botinas. Um par pra cada um. Mas Leonel não quis.

– Pé inchado não usa botinas – disse, fazendo a gente sorrir juntos pela primeira vez.

No dia seguinte, bem cedo, começamos nossa viagem. Olhando o corpo maltratado do filho de Ialna, desconfiei que ele não fosse aguentar uma viagem a pé, tão longa. Mas aí é que eu estava enganado e eu fui confirmar isso foi nos dias seguintes. O homem me espantou. Porque a cada dia que passava parece que ele mais duro ficava para aguentar o rojão.

E lá vai, lá vai, quando eu pensei que não, nós já estávamos do Itapicuru pela metade, e o homem comendo estrada, ora atrás dos outros, ora na frente e nem modo de se cansar.

Eu achei foi bom, porque pude seguir sem nenhuma preocupação, e mesmo animado, que eu certo entregava a encomenda.

Com dez dias de viagem, enxergamos as nascentes do Itapicuru e com mais dois, chegamos em Senhor do Bonfim. Olhamos um para o outro, como quem diz: aqui é longe daquela situação apertada de Salvador. Aquele mundo ficou pra trás. Os espaços ficaram folgados, o céu é mais folgado, o ar, o tempo, as distâncias. Então, com um movimento de cabeça, o companheiro João Lemos confirmou:

– E daqui pra frente é que vem maior largueza.

Dormimos na cidade, perto do mercado. De manhã, compramos carne seca e um litro de cachaça para beber na estrada. O litro passou de mão em mão. João Lemos tornou a falar.

– É pra nós beber nas larguezas.

Botamos o pé na estrada deixando pra trás Senhor do Bonfim. Foi aí que eu disse:

– Aqui começa o trecho mais difícil dessa viagem. Avisem os seus pés sobre a quentura do chão daqui pra diante. Mas nada nos fará tanto mal que nos impeça de cruzar o São Francisco em Pilão Arcado.

E assim seguimos, quase sem dizer palavra, unidos por uma só determinação. Eu observava Leonel. Ele olhava para as coisas de um jeito calmo, e nada parecia escapar dos olhos dele. Acompanhamos um trecho seco do Rio Jacaré.
— Eu me lembro.
Era a voz dele. Me virei, mas parecia que ele não estava falando com ninguém. Isso aconteceu algumas vezes. "Eu me lembro", ele dizia pra ninguém, mas era a modo de quem regressa de muito longe e festeja na chegada.
Aquela viagem, tão dificultosa, quando podia muito bem ter sido feita de transporte, tinha de ser daquele jeito mesmo. Porque parece que era na dificuldade que alguma coisa boa se resolvia. A prova estava na alegria que Leonel sentia, e tanto, que transbordava dele pra nós todo dia. Nem nos incomodavam os tantos dias de duras caminhadas, nem as feridas, nem a água que tinha vez que nos faltava.
Olha. Vou dizer assim de outra maneira: parece que o chão seco das macambiras, as almas-de-gato com seus cantos de agonia, a chama branca da lua que alumiava, as cigarras que zuniam, o sol que tudo estralava, parece que tudo isso gargalhava de alegria. Agora já não sei: era uma febre o que a gente sentia?
Pois bem. Chegamos afinal no São Francisco, em Pilão Arcado, e o filho de Ialna disse:
— Só atravesso se for a nado.
Eu e os outros companheiros corremos o olho cá entre nós, sabendo que nada adiantava querer aconselhar o contrário.
O que vimos depois foi ele arrancar a roupa e jogar pra nós, dizendo:
— Me esperem do outro lado — e se atirou na água enfrentando a corrente.
Da ponte acompanhamos as braçadas do nadador, que foi se distanciando, e tanto, que logo só podíamos enxergar um ponto

escuro no meio do largo rio, a mover-se aos poucos para a outra margem, enquanto a corrente o puxava para baixo.

Quando já o meio do rio ele havia vencido, de novo corremos os olhos entre nós, confiantes:

– Vai conseguir.

E atravessamos a ponte, e seguimos pela margem rio abaixo, e com muito custo das vistas achamos aquele pequeno ponto escuro que se movia.

– É ele!

Muito abaixo ele saiu e, caindo na água, lhe demos as mãos para ele acabar de atravessar.

Deixamos o rio pra entrar na cidade. Somente quando avistamos as casas, foi que demos fé que Leonel ia nu. João Lemos, que estava segurando a roupa, entregou, e ele vestiu.

Compramos comida para continuação da viagem. Quatro rapaduras novas, muito alvas. A farinha nossa tinha acabado, pegamos mais uns litros, também das melhores que eu conheci. Compramos carne seca que dava pelo menos até a cidade da Barra. De uma cachaça muito boa que bebemos um gole, levamos um litro, pensando em beber nas paradas pela beira do rio, nas horas dos banhos ou de jogar a linha pra puxar um peixe.

Com essa munição apanhamos a estrada. Desse trecho em diante, a viagem ficou mais divertida. Deu na gente de ficar fazendo brincadeiras, de ficar lembrando de coisas, passagens da vida de cada um. Mas Leonel não contou nada de sua vida em Salvador. Ele queria ouvir as nossas histórias, as acontecidas nos longes sertões. Ele parecia o mais alegre de todos nós.

Não sei o que deu nele depois, no último trecho da viagem, botando tudo a perder.

Já fazia tempos que eu tinha perdido a conta dos dias desde que saímos da capital. Mas não tinha perdido a noção da distância até as cabeceiras do Rio Preto onde morávamos. Basta dizer que na cidade da Barra do São Francisco já corre água do Rio Preto, que chega misturada até aí com as do Rio Grande, pra entrarem juntas no São Francisco. Então já estávamos entrando em terras de nossas cidades antigas, quando aí ainda era morada dos povos de primeiro.

Olha. Como tinha de ser, apartamos do Rio São Francisco nessa cidade da Barra e seguimos margeando o Rio Grande, atravessando suas várzeas enfeitadas de buritizais.

Às vezes eu achava que o filho de Ialna escutava mais coisas do que nós outros. Você já viu tremer um pé alto de buriti quando passa uma dessas fortes ventanias, ou uma vara enfiada no leito do rio vibrar com a corrente que desce?

Pois assim parecia Leonel no contato com tudo o que a gente ia cruzando pelo caminho. Mas em vez de vergar ao vento como o caule do buriti ou dobrar o caniço pela força da corrente, esse homem aumentava era o ímpeto mais pra frente, com um entusiasmo e uma alegria que eu nunca tinha visto nesta vida, desde que eu me entendo por gente.

Mas não conseguimos chegar juntos em nossa casa. Eu e meus companheiros, Lourenço e João Lemos, experimentamos o gosto amargo da derrota, nos últimos dias de nossa expedição.

Tínhamos deixado o Rio Grande e seguíamos com o Rio Preto à nossa esquerda. Já recebíamos notícias de nossas casas e nossas roças vindas pelas águas do rio que por elas passavam, pouco abaixo de sua nascente.

– Essas águas passaram lá em casa.

Seguíamos em silêncio, pensando. O destino fica mais longe quando está mais perto, porque a vontade de chegar faz tudo parecer mais demorado.

Ou talvez o destino já tivesse se cumprido e o lugar de chegar era o que íamos atravessando. A Reserva Florestal do Marimbondo. Esse lugar é uma mata que fica entre Santa Rita de Cássia e Formosa do Rio Preto e se estende desde o rio até as serras da divisa com o Piauí. Carrascal enfezado e áspero. Recanto silencioso. Dormem ali o espírito de muitos povos, e o ouvido atento ainda ouve suas vozes, indiferentes a toda novidade destes tempos. Ali os bichos da caatinga têm refúgio sossegado.

Era de tarde quando íamos passando por lá. Corria um vento fresco. O caminho que corta a área é deserto de movimento. Nas horas de sol estralando, as abelhas zumbem em quantidade, enchem de mel muitos paus. Até o ar parece doce. Na hora que nós passamos, muitos animais apareciam à nossa frente, vindos do rio onde bebiam.

Nós encostamos também na beira do rio pra tocar na água e beber na concha das mãos.

Para uma pessoa desaparecer na mata é num instante. A pessoa está aqui debaixo dos seus olhos, e assim, num átimo, ela não está mais. Ela desaparece como se fosse uma mágica. Bem assim Leonel desapareceu enquanto estávamos acocorados na beira do rio bebendo e jogando água no rosto e nos braços pra refrescar.

Demos pela falta dele.

– Cadê Leonel?

– Ele estava aqui ainda agora, mas não estou vendo.

– Chegou junto com a gente.

– Está aqui por perto.

Esperamos e nada. Então começamos a circular, procurando, gritando o nome dele. Não tivemos resposta.

– Vai ver, ele resolveu seguir a viagem na nossa frente.

Voltamos para o caminho, procuramos o rastro dele. Não havia nenhum que indicasse que ele tinha seguido viagem. Uma peitica cantou.

– Ouviram o canto? Bom sinal não é.

Foi aí que ouvimos um torar de mato para um lado, de coisa se deslocando.

– O que é aquilo?

– E tá vindo pra cá.

Era uma manada de bem uns oito porcos-do-mato. Vinham espantados, passaram por nós desembestados, deitando e quebrando o mato por onde passavam. Pensamos que fosse Leonel que tivesse espantado os porcos. Então esperamos, achando que ele ia aparecer. Mas não apareceu. Na minha cabeça, já ia pra mais de uma hora que nós estávamos ali, naquele embaraço. Resolvemos sentar e esperar, deixando o ouvido fazer o seu trabalho, que é escutar, e fazer ideia do que ia por perto ou por longe.

– Que canto é aquele?

– Carcará. E são muitos.

– Nhambu.

– E esses cancãos cantando agora?

– E seriema?

– E que mundo de martim-pescador é este, que eu nunca vi assim?

– E o sem-fim, que não para esse canto dele?

– Gavião-carijó também, e é muito. Viu quantas almas-de-gato? Parece que estão agourando.

– E eu também, que nunca tinha visto tanto bicho assim junto, cantando, grasnando, esguichando, é festa?

– Olha quem está aí na frente, olhando pra nós, esses veados-catingueiros. Estão vendo as cutias, mansas, trançando para todo lado, misturadas com os outros, já viu isso? Será que perderam o medo?

– Não sei. Porque quem está com medo agora sou eu. Já vai escurecer. Ouviu piar ali? Já é o caburé. E até o curiango noturno começou a cantar.

– Vamos voltar para o rio, para o mesmo lugar. Quem sabe Leonel voltou e está esperando a gente.

Enquanto voltávamos para o pequeno porto do rio, ficamos surpresos, porque todos esses bichos não se assustaram, nem fugiram em debandada quando nos movimentamos. Corriam de um lado para o outro, ou esvoaçavam de um galho para outro, num barulho surdo de asas, mas não saíam de perto.

E maior espanto sofremos ao chegar no pequeno porto onde tínhamos matado a sede e nos refrescado com a água.

Uma onça parda, enorme, bebia. E ao sentir a nossa presença, sem se virar, apenas nos olhou por cima do próprio dorso e assim ficou até que nos afastamos e fomos embora de lá.

Rapidamente a sombra que cobre o mundo todo santo dia escureceu nosso caminho. Ainda pensamos em dormir na mata para no outro dia procurar Leonel. Mas, com aquela onça rondando por ali, algum de nós podia acordar no meio da noite espetado nas suas garras. Então resolvemos partir e dormir em Formosa.

De Formosa até aqui nesses brejos, nós fizemos em duas jornadas. Foi a parte mais sem valor dessa viagem. Porque aquilo que nós fomos buscar nós perdemos no caminho.

Quando eu fui levar a notícia para Ialna, eu ia escabreado, sem saber o que ia dizer a ela. Mas a minha tristeza demudou em felicidade, quando ela me recebeu na casa dela com a delicadeza maior do mundo:

– Eu sei. Ele já está comigo. E o espírito de tudo que vive novamente se manifesta, e quem vê se alegra, e pode dançar.

Assim falou Ialna, por meio desse enigma. Você vai dizer que ela quis dizer isto e eu vou dizer que ela quis dizer aquilo, e nós vamos ficar aqui até amanhã sem ter acordo. Eu não tiro sua razão. Mas o entendimento disso é um só, e é que quem tem olhos e vê não se deixa guiar. Essa é que é a pura verdade. Basta você ver o que foi a vida de Leonel até ele voltar para a mãe. E assim como ele, todos nós.

FIM